水浒传

虚构中的史实

启真馆 出品

启真·文史中国

〔日〕宫崎市定 著

赵力杰 译

水浒传

虚构中的史实

ZHEJIANG UNIVERSITY PRESS
浙江大学出版社

前　言

　　我自幼便是《水浒传》的忠实读者。我的父亲尽管居住在乡下，但经常从丸善书店等处购寄些书来，算是一名与农夫身份不大相称的藏书家吧。每年照例一次，在院子里铺上草席，将土仓①内书架上的书搬出来见见风、晒晒太阳。这时，我和哥哥便会被唤去帮忙。父亲的藏书里有一套《国民文库》，我在这套书里发现了高井兰山②翻译的三册《水浒传》。我起初并未在意，只是随手翻了两页。但葛饰北斋③所绘的插画却映入眼里。这些画与当时常见的日本武士画的画风颇为不同，我隐约感到此书应是一个非常有趣的故事。于是，我拿回到自己的房间里品读起来。我记得当时我还在卜初中三年级，对书中所写也只能读懂些大概。正如我所愿，这本书太有趣了，但想深刻理解并不容易。我一遍又一遍地读，越读越有兴致。不知第几遍后，我已背得出一百单八个好汉的名号了。后来虽说没再怎么读它，但即便是现在，回忆起十之八九的内容并没什么问题。进入大学后，我选择

---

①　日文作"土藏"。一种日式传统建筑，木骨土壁，多作仓库用。（本书所有注释均为译者注，以下不再一一注明。）
②　高井兰山（1762—1838），名半宽，字思明，号兰山。江户时代通俗小说家。
③　葛饰北斋（1760—1849），日本著名浮世绘画师，江户时代后期日本文化代表人物之一，在国际上享有盛誉。出生于武藏国葛饰郡本所（今东京都墨田区）。本姓川村，"葛饰北斋"为其号。代表作有《富岳三十六景》《北斋漫画》等。

了学习东洋史①。我的治学从宋代着手，至今还是脱离不了宋代，莫非是我小时候读的那本书在"作怪"？那么，作为小说的《水浒传》和宋代真实的历史之间究竟有多大差距呢？这一问题，我至今仍在思考。

《水浒传》的成书年代远在宋之后，这是毫无疑问的。它并非是一个完全虚构的故事，其中多少有些史实，这一点古来学者多有提及。比如宋徽宗，也有几个在宋代历史上真实存在过的人物。尤其令人惊讶的是，对一些人物性格的描写，竟与史实相当一致。但当我查阅了一些宋史的文献后，我发现被写进《水浒传》里的除了真实的历史之外，民间故事、稗官野史的东西不可谓少。另外也有很多能够反映宋代世态和生活方式等原本生活面貌的素材。我手头就攒有一些这样的史料。

关于《水浒传》的日文译本，江户时代的原刊版暂且不提，光是明治以后翻印的活字西式装订版，除了前边提到的《国民文库》之外，尚发行过好几种。如博文馆出版的《帝国文库》两册版，冈岛冠山所译的《忠义水浒传》两册版，还有集文馆出版的《袖珍文库》袖珍版，等等。可见，最晚在大正时代②时日本应该已经拥有许多水浒迷了。但最近这些年，水浒迷似乎越来越少了，实在遗憾。我倒觉得如果想要了解中国的话，读《水浒传》的作用似乎比读"四书五经"更大些。但更令人遗憾的是，被视为中国古典小说名著的《水浒传》，其作者究竟为谁竟尚不能确定。或言元末明初施耐庵，或言明代罗贯中，或言施耐庵原著罗贯中修订，甚至施耐庵其人亦为虚构之说也有，实无定论。施耐庵也好罗贯中也好，他们的事迹几乎都

---

① 日本高等教育中历史学的一个分支。最初研究对象是以中国为中心的东亚地区的历史，后来实际上成了中国历史的代称。

② 1912—1926 年。

无从知晓，从这一点来讲，即便确定了作者，对于《水浒传》的历史评价也起不了太大作用。因此，想要探讨《水浒传》的意义，看来只好到书中去寻找了。

《水浒传》的版本非常多。百回本被认为是最初的版本。其故事梗概与《宣和遗事》[①]中的一节内容基本相同，是讲北宋末年，以宋江为首的一伙盗贼据守在山东梁山泊水寨，后归顺朝廷，并被派去征讨浙江剧寇方腊。全书以平方腊建功结束。《宣和遗事》中只有征讨方腊的记述，可在《水浒传》里，征讨方腊之前还描写了"奉诏破大辽"一段，这是纯粹虚构的。破辽与征方腊之间，加进了平定田虎、王庆之乱的内容，于是又增加了二十回，有了百二十回本。百回本的出现应不早于明嘉靖年间（1522—1566）。现今百回本的定稿可能是完成于万历年间（1573—1620）。百二十回本应该是在这之后的天启、崇祯年间（1621—1644）才出现。此外还有百十回、百十五回本，这两种版本都是对百二十回本的删减版。百六十四回本只不过是在这百二十回本后添加了《水浒后传》[②]罢了。

明亡于崇祯，至清初，金圣叹断定百回本的后三十回为伪作，遂只取前七十回，并添加了评论刊印出来，这就是七十回本。后来凡提到《水浒传》便多指这个版本了。这一版本的第七十回，写了宋江等一百单八将，齐聚梁山泊水寨，诸位好汉排座次，受领各自任务。在这一版本里，宋江等众并未归顺朝廷，而是继续与朝廷对峙。因此才出现了叙述讨伐宋江等人为内容的《续水浒传》。

---

①　全称《大宋宣和遗事》，历史话本，据说为宋代无名氏著，经元人增补而成。内容由讲述历代帝王荒淫误国，一直写到宋高宗定都临安为止。其中一部分讲宋江三十六人聚义梁山泊，最后被张叔夜平定。此部分被认为是小说《水浒传》的蓝本。

②　清初长篇小说，共四十回，陈忱著。

　　早期的水浒故事，宋江等一开始只有三十六人，有的认为宋江包含在这三十六人之中，有的则认为宋江不在三十六人之内。到了明代的《水浒传》，人数突然增加到一百零八人。于是出现了非议，说作为小说，描写一百零八个主要人物实在有点多，无法想象该如何描写出每个人与众不同的个性。诚然，这么认为确实有道理。且不说一百零八人，作为重中之重的三十六个人，并未被写出独特个性的也不算少。比如解珍、解宝兄弟，哥哥绰号两头蛇，弟弟绰号双尾蝎，皆为猎户，年纪相仿，性情相似，看不出个性上有什么差别，而且也没有做出什么惊天地泣鬼神的事情来，甚至都不太容易让人记住是否在书中出现过。这便是因为本书的主要人物实在太多了。据说日本的龙泽马琴在写《八犬传》①时，意识到了《水浒传》的这一问题，遂把《八犬传》的主人公数量缩减至八个。龙泽的这一做法是否使其小说获得了成功姑且不论，但这种认为人物过多难以描写的意见我觉得还是中肯的。

　　虽说有众多人物要写，但《水浒传》并未像大河小说②似的人物出现消失、出现消失，仅仅是走个过场而已，所有主人公都有着各自不同的命运和结局。为什么这部小说会如此不同？细读文本，虽说《水浒传》是长篇小说，但把它说成是由短篇小说拼接而成的长篇小说似乎更妥当。当然，到七十回为止，小说都贯穿着一条有规律的主线。这条主线就是诸好汉是如何落草于梁山泊的。但是这里所谓的"有规律"，并非是因变果、果变因，环环相扣的因果循环。恰恰相

---

① 龙泽马琴（1767—1848），又名曲亭马琴，江户末期著名通俗小说家。其作《八犬传》，全称《南总里见八犬传》，是江户末期通俗小说的代表作。此书以室町时代为背景，讲述了被称为"里见八犬"的八名勇士的传奇故事。

② 一种源于法国的小说形式。指多卷本，带有连续性，有历史感、时代感的长篇小说。

反，前面一个故事，后面一个故事，而这两个故事之间并没有必然联系。林冲入伙，卢俊义入伙，除了时间上一先一后外，无甚相关。换言之，《水浒传》这本书，与其说像《忠臣藏》，不如说像《义士铭铭传》。① 所以单从这点上看，《八犬传》比《水浒传》更具备长篇小说的风格。不过，把《水浒传》分成若干篇短篇小说逐一品读的话，则每一篇都有着出色的结构和描写，这是《八犬传》无论如何都无法企及的。为什么这么说呢？因为构成《水浒传》的每一篇短篇都是被以评书、戏曲等形式表演过的，是成长于民间的，是经过漫长岁月被民众"打磨"过的。

　　因为出于民间之故，它必然包含着"反体制"的思想。到了清代，对民众的思想动向更加敏感，因一言而大兴文字狱，禁锢言论，经常罗列禁书名单以昭告天下。当然，《水浒传》因其"教唆为盗，鼓动谋反"而经常"上榜"。但这种禁令没起到什么效果，实际上《水浒传》是家家必备的藏书。男子一到十四五岁都会在家或私塾去学"四书五经"，稍有阅读能力的人就会偷出父母藏起来的《水浒传》而废寝忘食地读起来。读"四书五经"是被迫的，读《水浒》则是欲罢不能。正因为《水浒传》无论在什么时候都广受喜爱，我认为就算是想了解现今的中国，《水浒传》也是必读书目。我并非主张在新中国还留有"水浒"的影子，我认为当今的中国是崭新的。重要的是，和过去的旧中国比一比，为什么"瓜田里长出了茄子"，这个过程是

---

① 《忠臣藏》，由竹田出云、三号松洛、并木千柳等集体创作的文乐及歌舞伎大型剧目。最早于1748年在大阪上演。故事以赤穗事件为背景，对后世的日本文学和戏剧产生了深刻的影响。除文乐及歌舞伎外，在落语、小说、影视等领域中均有相关题材的作品。《忠臣藏》为一个大型故事群，《义士铭铭传》是其中的一种。两者题材相同，但艺术视点不同。《忠臣藏》的叙事手法以时间为脉络，主要叙述事件经过，相对古典。而《义士铭铭传》则以人物为中心，着重描写赤穗四十七士每个人的不同经历。故作者说《水浒传》更像《义士铭铭传》。

需要了解的。

　　我把在《历史与人物》^①杂志上连载的《〈水浒传〉的人物》略作修改，作为《中公新书》中的一册出版，并非只为讨老水浒迷们的欢心，倘使拙作能像北斋的插画引我进入水浒世界一样起到万分之一的作用，也不枉我的一份薄愿。

昭和四十七年^②七月十五日

宫崎市定

---

①　《歴史と人物》，中央公论社发行刊物。1971 年创刊，1986 年停刊。

②　1972 年。

目　录

第一章　徽宗与李师师

无德之君

　　《水浒传》的故事发生于北宋第八位皇帝宋徽宗的治世时期。在徽宗晚年，甚至开创了美术史上的一个新时代，即"宣和时代"。这究竟是怎样的一个时代呢？总的来说，这是一个繁荣的时代。但这繁荣并非基于生产力的进步，而是人为使然。而且，这种繁荣不是全国性的，只存在于大一点的城市中，特别是国都开封。这种繁荣，是以牺牲地方上的广大农村为代价的，由之而来的是农村的极度凋敝。说实话，这种局面危机四伏。果不其然，北宋遭遇了金国的入侵，顷刻间土崩瓦解。这之后，宋政权偏安一隅，表面上繁华依旧，但却如泡影般虚幻。而天子、大臣、将军、宦官、富人、城里人，却沉醉在这"空前太平"里，穷奢极欲而不能自拔。这一曲里，领唱者是宋徽宗，指挥者便是当时的第一大臣蔡京。

　　宋代开封府的人口约有一百万，当时世界上还没有如此之大的城市，中国人口数量亦为世界之最。开封是全国的经济中心，有四条水路分别从东南西北汇集于此。除各地的物产被纷纷运入外，西亚的商队也频频来此交易。金银、财宝、绸缎、陶器等，在集市上被交易的商品应有尽有。但对上流社会的人而言，摆在货架上的可量产的一般物品实在提不起他们的兴趣，若不购置一些稀世罕见之物，则显耀不了自己的富贵，这便是当时的"繁荣"。水浒故事便是在这样的背景下产生的。

《水浒传》从开始到结束，无一处不是精彩纷呈。但只有一幕，在当时还是孩子的我看来实在无趣。那便是梁山好汉居然会去位于开封闹市的青楼找李师师，通过李师师的引荐见到宋徽宗一段。那时的我，觉得《水浒传》的魅力在于扣人心弦的比武，在于惨烈壮观的战争，对于与风尘女子侃侃而谈的妙笔自然无法理解。现在我重读《水浒传》时，对于这一幕却大有兴味。因为它不光是文笔出彩，还在一定程度上反映了当时的社会面貌。

徽宗是无德之君，说他是使历经一百五十多年的北宋沦亡的罪魁祸首，这话一点不过分。历朝历代，凡是将亡之际，总会表现出一些气数将尽的影子，天子的无德就是其一。所谓无德，有很多种，夏桀和商纣一类是暴君型，以晋惠帝为代表的一类是不辨忠奸的愚痴型，像明崇祯帝这样的是歇斯底里型，各种各样。宋徽宗跟几乎断送了大唐天下的唐玄宗差不多，属于挥霍型的。谨慎勤勉的宋神宗怎么会生出这么一位挥霍无度的儿子，真是抓破头皮也想不通。

宋神宗是北宋中期力行政治改革的著名天子，作为神宗儿子的徽宗，排行比较靠后①，他的哥哥是哲宗，托"哲宗早亡之福"，徽宗竟意外地成了皇帝，真是被好运眷顾了一回。但他即位之时不太"吉利"，因为有宰相提出，这位仁兄没有资格当天子。②

徽宗的哥哥哲宗，十岁即位，二十五岁驾崩。③对哲宗的病状史

---

① 神宗共有十四子，八子早殇。徽宗为第十一子。
② 宰相指章惇。哲宗只有一子赵茂，然未满三月即夭（后文作者言三十日，应误）。章惇主张，按年龄，应立申王赵佖（神宗未夭之子中最长）。按礼制，应立简王赵似（与哲宗同母）。端王赵佶（徽宗）轻佻，不可立。然申王盲一目，简王与章惇同党，向太后为把持朝政力主端王即位。
③ 哲宗应是二十四岁驾崩。

料有详细记载，说他不停地咳，痰中带血，我虽非医生，但觉得他可能是肺结核。哲宗只有一子，出生后三十天就夭折了，故没有子嗣可以即位。在不知道哲宗五个弟弟里该立谁即位时，嫡母皇太后向氏却把即位人选的问题引向歧途。

五人中，最年长者是申王，但患有眼疾不宜当皇帝。说是眼疾，恐怕是目盲。因为皇帝又不会去当学者，眼睛稍有点缺陷，也不至于不能工作。其次是端王，就是后来的徽宗。除此之外，还有简王，哲宗的同胞弟弟，母亲朱氏。向太后膝下无子，不管哪个皇子对她来讲都不是亲生的，所以立谁为帝应该都一样。其实不然，从向太后自身角度讲，她最不希望哲宗的胞弟简王即位，因为朱氏尚健在。仅凭哲宗生母这一条，她的待遇已不断提高，地位几乎与皇太后无异了。如果再让她的儿子继位，朱氏的势力会更加壮大，就算不会取代自己嫡母皇太后的位置，危险性也不言而喻。

哲宗刚咽气，还未对外发布这一消息时，大臣们便被传入宫里。首席宰相章惇、次席曾布以下数人，都是王安石变法的支持者，即变法派。他们一同谒见向太后。太后是女性，所以与大臣商谈政事时，须垂帘而对。只听帘后传出一句，"皇帝驾崩了"。

诸大臣都大吃一惊。

"当务之急，须早定大统。"

向太后盘算着，大臣们一定会说"但凭太后定夺"之类的话。万没料到，首席宰相章惇是一个自负而又不肯屈就的人。他当即一针见血地说："以长幼之序，当立申王。"

"汝等不知申王罹患眼疾，不宜即皇帝位吗？"

"如不以长幼论之，则当立大行皇帝之同母胞弟，简王。"

"这是何话！妾无子，诸皇子同为庶出，岂有上下之别。妾以为当立端王，汝等以为如何？"

向太后一听大臣们提到朱氏，顿时怒火中烧，为了早做决断，便立刻说明了自己的意图。她本想着大臣们一看自己面露怒意，便不敢再言，依从一切。不料她的如意算盘瞬间落空了。话音刚落，章惇便针锋相对道："端王轻佻，恐不宜即位。"这下可不得了了，向太后贵为帝母，章惇却一而再，再而三地顶撞她，这样下去，场面难保不会失控。这时，次席宰相曾布突然开口喝道："住口！章惇，此乃你一人之见。"其实，在刚才争论之际，曾布发觉帘后有人走动，机敏的他立刻明白了是怎么回事，遂边环视着同班大臣边说道："太后既有旨意，我等岂有不遵从之理。"话音未落，帘子被缓缓卷起，不知何时，太后身旁多了一把御椅，端王端坐于上。大臣们顿时齐刷刷说道："我等赞同曾布之言。"言毕，又齐刷刷叩拜端王。于是，徽宗即位。

　　章惇当时说的"轻佻"，原文是"浪子"。这个词说雅些是风流，说俗些就是浪荡。史书记载，章惇所说的就是"端王不过是个浪子"。但多数史书认为这个词粗俗，遂改为"端王轻佻，不可以君天下"等雅致之语。事实上徽宗的确是这副样子。在此非常时刻，他接到向太后的旨意后，并未立刻进宫，竟还偷偷溜出府去漫无目的地溜达了一会儿。

　　如此看来，章惇的态度倒是值得钦佩。遗憾的是，他太执拗，不会变通，这使得局势对他相当不利。果然，徽宗一登基，立刻罢免了他的宰相之职，逐出朝廷，贬往地方了。其间遭数次异地调任，屡遭不幸，后客死于湖州。章惇在任期间，迫害了不少守旧派，故后世对其评价很差，甚至《宋史》将其列入《奸臣传》里，受史学家们的咒骂。不过现在看来，这个评价有失公允。可惜中国的史论里对他还是骂多赞少。

　　接下来说说徽宗，他当上皇帝之后，转眼就显露出章惇所说的"浪子"本性来。毕竟不是王爷了，现在可是皇上，数不清的银子想怎么花就怎么花。说起来宋以后的皇帝里再未出现过豪横跋扈的暴君。事实上也根本不需要那样，因为钱就可以满足私欲。徽宗时，社会经济高度发展，一定程度的资本主义形态开始出现。是贫是富，决定人的命运。当然皇帝用不着考虑这些，天子的身份使得他拥有不可贵量的财富，使得他成了这无限财富的所有者。有了可以为所欲为的财力，再加上他奢侈享乐的本性，不挥霍是不可能的。

徽宗刚即位没几天，便把家眷从府里接到宫里。新晋的皇后身后跟着四十八位年轻的侍女，组团前来。连向太后都吓了一跳，挨个验明身份后才准许入宫。

过了不久，宫里传出消息，皇帝又开始对收集珍禽异兽感兴趣了。终于有大臣坐不住了，左司谏^①江公望直言上谏道："陛下刚即位不久，所作所为，深为遗憾。"可能有太监给徽宗出了主意，徽宗回答道："鸟都已经放生了，只留着一只白雉。卿有所不知，这只白雉可能是养久了跟朕有了感情，拿着棒子赶都赶不走，朕也不知如何是好。不过爱卿的忠告朕心领了。"如此大言不惭，颇有近年来日本当局在议会上答辩的风范。只要不说全放掉了，若日后再被追问起，可以冠冕堂皇地推卸到"这就是赶不走的那一只嘛"。要我看来，鸟的数量一只都没少也大有可能。

岂止如此，徽宗在享乐上的花样是不断翻新的，很快他又迷上了造园。若要建造园林，花、树、石等等，一样都不能少。于是在全国范围内广集奇石异木的旨意被下达了。皇宫面积很大，只弄些树木石头远远不够，建筑也是少不了的。于是乎，他又迷上了建筑。大兴土木之风其实在哲宗晚年就出现了。徽宗即位初，看着宫内这些雕梁绣柱、飞檐反宇，连他都不禁叹服。现在自己当皇上了，是到了大显身手，超越前人的时候了。有了这些庄严华丽的大型建筑之后，里边该放什么东西便是新的问题。于是他又开始沉迷于书画古董。至此，所有烧钱的爱好徽宗都迷上了。于是，宫里的开支连年攀升。

宫中的奢侈生活与始于宋代初期的道教信仰是密不可分的。当时

---

① 宋代文官官名。

流行的三教之中，儒教是一种政治上的指导理念，主要为维护官僚政治的运作。佛教是一种着眼于人死后世界的宗教，为死者超度等法事活动依旧流行于上流社会，但佛教的发展已经开始走下坡路，只有些形式上的保留，真正信的人并不多。道教不同，它在不同阶层里都很受欢迎。道教关注的是现实世界的利益，肯定人的欲望，与此同时，一种被称作"房中术"的东西非常有吸引力。宋王朝打根上说就没什么贵族气质，倒有些"暴发户"的感觉，这为道教的发展提供了可乘之机。早在第三位皇帝宋真宗在位的时候，他便经常大把花钱来举办道教活动。为此他也受了不少责难。宋徽宗积极复兴道教，常在宫里做法事，甚至一些三流道士也敢大摇大摆地进出宫。道士们的任务是为天子祈福。徽宗还兴建了专门的宫殿，用来举行场面壮阔的法事活动。徽宗和他的宠妃刘氏，以及宠臣蔡京，甚至蔡京的儿子都因被列进了道教诸神之中而得意扬扬。徽宗为了宣扬自己信奉道教，还自称道君皇帝。

实际上，道教本来的宗旨是对恬淡无欲的追求，但徽宗所信的正相反，是一种追求情欲的带有点邪教色彩的道教。不久之后，徽宗便不满足于宫里的享乐。于是他便带上几个贴身太监偷偷溜出宫去了。若被问到，他便谎称去了蔡京的府上。微服出宫的快感令他难以忘怀，于是出宫便成了家常便饭。所去之处不过些灯红酒绿之地，青楼楚馆云集之所罢了。徽宗在这里看上了一个有倾国之貌的青楼女子，她叫李师师。

以上所叙，为史料里所载，大部分是可信的。

燕青月夜遇道君

下边轮到《水浒传》里所写的徽宗出场了。在百回本里，他出场于第八十一回《燕青月夜遇道君》。故事梗概是，宋江密令燕青假扮嫖客接近李师师，通过李的介绍面见皇帝。他向皇帝说明造反实非本意，但有恩旨，即刻归顺，为朝廷尽忠。通过一番苦诉，打动了徽宗。这一部分的描写，精彩之极。

梁山好汉的绰号都大体能反映其本人的特点或性格。燕青的绰号是"浪子"，与被大臣章惇批评为"浪子"的徽宗所称相同。在令人胆寒的粗莽武将里，燕青显得更为不同。他全身刺青，善吹箫，还能唱曲儿。与此同时，他还精通弓术拳法，武艺也不输于人，连不轻易服人的李逵都赞叹不已。

宣和三年（1121）中秋月明之夜①，燕青扮成富商的手下，与神行太保戴宗混进都城开封，准备去见李师师。李师师是名妓，想要见到她就必须装作前来寻欢的客人，但同时又不能忘了身负宋江所托，对燕青来说，这出戏该怎么演，并不容易。

其实前一年元宵节之夜，燕青就以仆人身份跟随宋江来拜访过一次李师师。结果被非要一同前去的愣头青李逵闹出事来，给李师师添了不少麻烦。按当时青楼的规矩，无端滋事者不能再让来了，但贪财的老鸨李妈妈被燕青赏给的沉甸甸的金银迷住了双眼，二话不说，便带燕青来到李师师屋里。一开始，李师师瞧不起燕青，觉得这不过是一个土财主的手下，哪里懂得什么风流韵事，于是试探性地把燕青往屋里拉。但几轮言谈后，她渐渐发现这位俊美青年实际上风雅不俗。于是李师师不禁对燕青动了情。书中有一段二人的对话：

> 李师师道："久闻的哥哥诸般乐艺，酒边闲听，愿闻也好。"
> 燕青答道："小人颇学的些本事，怎敢在娘子跟前卖弄过？"

① 此处所记时间似与《水浒传》第八十一回的记载有出入，因为当时燕青所携带的一封书信的落款是"宣和四年春正月"。

李师师道："我便先吹一曲，教哥哥听。"便唤丫嬛取箫来。锦袋内擎出那管凤箫，李师师接来，口中轻轻吹动。端的是穿云裂石之声。

……李师师吹了一曲，递过箫来，与燕青道："哥哥也吹一曲与我听则个。"

燕青却要那婆娘欢喜，只得把出本事来，接过箫，便呜呜咽咽也吹一曲。李师师听了，不住声喝彩，说道："哥哥原来恁地吹的好箫！"李师师取过阮来，拨个小小的曲儿，教燕青听。果然是玉珮齐鸣，黄莺对啭，余韵悠扬。燕青拜谢道："小人也唱个曲儿伏侍娘子。"顿开喉咽便唱。端的是声清韵美，字正腔真。……

李师师执盏擎杯，亲与燕青回酒，谢唱曲儿。口儿里悠悠放出些妖娆声嗽，来惹燕青。燕青紧紧的低了头，唯诺而已。

数杯之后，李师师笑道："闻知哥哥好身文绣，愿求一观如何？"……燕青只得脱膊下来。李师师看了，十分大喜，把尖尖玉手，便摸他身上。燕青慌忙穿了衣裳。李师师再与燕青把盏，又把言语来调他。燕青恐怕他动手动脚，难以回避，心生一计，便动问道："娘子今年贵庚多少？"李师师答道："师师今年二十有七。"燕青说道："小人今年二十有五，却小两年。娘子既然错爱，愿拜为姐姐。"

燕青便起身，推金山，倒玉柱，拜了八拜。那八拜，是拜住那妇人一点邪心，中间里好干大事。……

当时燕青又请李妈妈来，也拜了，拜做干娘。……燕青收拾一包零碎金珠细软之物，再回李师师家。将一半送与李妈，将一半散与全家大小，无一个不欢喜。便向客位侧边，收拾一间房，教燕青安歇。……

也是缘法凑巧。至夜，却好有人来报："天子今晚到来。"……只见道君皇帝引着一个小黄门，扮作白衣秀士，从地道中径到李师师家后门来。……李师师见天子龙颜大喜，向前奏道："贱人有个姑舅兄弟，从小流落外方，今日才归，要见圣上，未敢擅便，乞取我王圣鉴。"天子道："既然是你兄弟，便宣将来见寡人，有何妨。"奶子遂唤燕青直到房内，面见天子。燕青纳头便拜。……（李师师）叫燕青唱曲。……燕青顿开喉咽，手擎象板，唱《渔家傲》一曲。道是：

> "一别家乡音信杳，百种相思，肠断何时了！燕子不来花又老，一春瘦的腰儿小。　薄幸郎君何日到？想是当初，莫要相逢好！着我好梦欲成还又觉，绿窗但觉莺声晓。"

燕青唱罢，真乃是新莺乍啭，清韵悠扬。天子甚喜，命教再唱。燕青拜倒在地，……遂唱《减字木兰花》一曲。道是：

> "听哀告，听哀告，贱躯流落谁知道，谁知道！极天罔地，罪恶难分颠倒！　有人提出火坑中，肝胆常存忠孝，常存忠孝！有朝须把大恩人报。"

对我这外行人来说，书内词曲的好坏我不甚清楚。但此曲一出，词风全然不同于之前的淫靡之曲。道君皇帝大惊，正打算问个究竟时，燕青表明了自己为梁山之人的真实身份，并把宋江等人被贪官所陷害，不得已困守梁山，希望能归顺朝廷，为国尽忠的事情和盘托出。于是，燕青不仅得到了天子手书的赦书，还得到了朝廷派使招安的承诺。

史实中如何呢

前文所叙《燕青月夜遇道君》一回书，是百回本和百二十回本的关键之处，是转折点。换言之，对于只写到宋江等人在梁山据守自立的七十回本来说，后边的内容有些画蛇添足之感。但对于百回本来说，要以为朝廷征讨方腊作结尾的话，那么宋江等是如何从反朝廷势力变为朝廷的武装的，这个转折点是必须要描写的。从史实上看，北宋后期到南宋成立这段时间里，起义军归顺朝廷这种事如家常便饭，并非难事。但在《水浒传》里，梁山众人对大义名分之争甚烈，且不断反抗贪官污吏，似乎归顺之举无法轻易地实现。作者对这段描写大费周折，恐怕花了不少心思。最后，构思出通过李师师的周旋，梁山众人越过朝廷大臣，直接和道君皇帝达成协议的故事情节。

不过这个情节未必是作者虚构，有可能是利用了一条史料改编的。

南宋张端义的随笔《贵耳集》中就记载着徽宗和李师师之间的一些逸事。有一则是，李师师经常来往的人里，除了徽宗之外，还有一个官阶很小但文采出众的人物叫作周邦彦。有一次，周邦彦来会李师师，前脚刚进屋，后脚徽宗便来了。周邦彦来不及逃走，便躲到床下过了一夜。徽宗和李师师的谈话他全听到了，还以此为内容填了一首《少年游》。后来李师师在徽宗面前唱起这首词，徽宗顿觉不对，便问作者为谁，李师师答道是周邦彦。徽宗大怒，第二天叫来蔡京，下令把周邦彦赶出京城。这之后，李师师笑容不再，每天愁容满面，徽宗无奈，只得又召周邦彦入京任职。

《水浒传》的作者在描写燕青与徽宗见面一文上，就是以这个小故事为蓝本的。把周邦彦换成燕青，再稍作修改，便有了《月夜遇道君》这一回。不过，在《贵耳集》里，除了周邦彦以外，李师师的常客里，还记载着一个叫作李邦彦的人。此人是一个政治家，也以文采著称，后来还当了首席大臣。此人出身贫寒，对市井俗语十分熟悉，写词时还经常用上一两句，因此他的词曲受众很广。风流之事他也很精通，还自称"李浪子"，时人称其为"浪子宰相"。从天子到宰相，全是浪子，就算少了燕青这一个浪子，也可想而知那是个什么样的世道。

　　身为万乘之君，却经常微服出入青楼，而丝毫不觉得有何危险性，这说明国都开封的社会状态是非常安定的。这也进一步说明当时开封经济繁荣，百姓安居乐业。但这仅仅是大臣蔡京人为使然，他把全国的财富都用在建设开封一城上面。开封百姓沉醉于繁华之中，地方百姓却在遭受被朝廷压榨之苦，陷于经济崩溃的深刻危机中。结果，引起了《水浒传》里也写到的方腊起义，还有女真的兴起、金国的入侵等事件。

　　被金国打败后，徽宗让位于皇子钦宗，自己当了太上皇。父子双双被金兵围困于都城内，并被索要了巨额的赔款。为了凑齐这笔钱，朝廷使出了各种手段，并严令被徽宗宠爱的李师师、赵元奴等人把家里的所有徽宗赏赐之物统统上交，如有违抗，按军法从事。

　　即便如此，也无法凑齐金国要求的天文数字般的赔款。太上皇徽宗、新皇帝钦宗，一家老小数千人一个不剩地被俘虏到金国的偏远之地。九年后，徽宗病死。

　　家底儿都被没收的李师师，落魄到除了身上这身衣服外再无分文的地步。她后来如何了呢？有两种说法，一是据《琳琅秘室丛书》[①]收录的《李师师外传》记载，开封被金军占领后，金军大将挞懒指名要李师师，宋朝大臣将李师师寻得后交与金国，"师师骂曰：'吾以贱妓，蒙皇帝眷，宁一死无他志。'……乃脱金簪自刺其喉，不死，折而吞之，乃死"。细读这篇记载，有几分好事者杜撰出来聊以解闷的感觉，估计不是当时的记录，有可能是明代人的伪作也说不准。

　　还有些零散记载说李师师后来流落到南宋境内，这种说法倒有些比较现实的味道。南宋张邦基《墨庄漫录》卷八："李生流落来浙中，士大夫犹邀之以听其歌，然憔悴无复向来之态矣。"这段文字令人感

---

① 　清藏书家胡珽（1822—1861）藏书。胡珽建"琳琅秘室"，专藏宋元善本。

到人生无限悲凉。还有无名氏《青泥莲花记》①："靖康之乱，师师南徙，有人遇之湖湘间，衰老憔悴，无复向时风态。"还有些记载说："后流落湖湘间，为商人所得。"②若此说属实，则李师师是流落到今湖南一带，被商人纳为妾，也算是生活有了着落。

　　和李师师同受恩宠的赵元奴也请容许我略述一二。在徽宗晚年时期，比起李师师来，赵元奴似乎更受恩宠。恐怕这是因为李师师已过了如花似玉的年纪，当然这只是我的猜想，未必真是这个原因。徽宗父子被金军软禁在开封城外一个叫作青城的地方，金军威胁城内的大臣们，把城中所有的官银私银一文不剩地交出来，作为皇帝的赎金。城内官民早已大乱，但徽宗却对这些毫不关心，只说金军军营中生活寂寞单调，要求在城内的大臣把赵元奴也一同送过来。这副若无其事的样子，实在让人大跌眼镜。

　　这件事见载于重要史料《三朝北盟会编》③中帙卷七十四中所引的陶宣干《汴都记》一文中。钦宗通过金军给城中大臣们去了一封信，要求送一些自己用的衣物以及牛羊等食物，信中写道"奉上皇指挥取赵才人元奴"④，意思是"这是太上皇的要求，希望能把赵元奴送来"。所谓才人，是女官的一种。妓女被封为才人应该是不妥的，但可能有李师师也被封为明妃之故，赵元奴才被封为稍低一等的才人。那么赵元奴是否如徽宗所愿去了金营，则不得而知。想来估计是没有，说不定找了什么借口拒绝了也未可知。

　　国家被灭，都城被占，自身也成了俘虏，这种时候还想着把宠爱

---

① 此书为明代梅鼎祚（1549—1615）所著文言短篇小说集，共 13 卷。
② 见《宣和遗事》。
③ 《三朝北盟会编》，南宋徐梦莘（1126—1207）编著，为宋史研究重要史料。记述宋徽宗赵佶、宋钦宗赵桓、宋高宗赵构三朝事迹。分上、中、下三帙，共二百五十卷。
④ 此句实在卷九十九。

的青楼女子招来作陪，这位徽宗真是"非同寻常"的心宽。若小说家看来，说不定还会觉得徽宗很重情，但在一般的历史学家眼里，这种心理是无法被理解的。这种"无法理解"的事情一件接一件地发生，最终压垮了北宋王朝。如果要评价这段时期的历史，比起罗列抽象的词语，倒不如把赵元奴这件事情拿来看看更有效。《汴都记》的作者一定也是对徽宗的行为忍无可忍，所以才把这件小事也记录下来传于后世，叫人不要忘记。

第二章　两个宋江

主人公宋江的为人

　　《水浒传》里描写的宋江是一个来历不明，身份可疑的人。作为梁山众好汉的首领，据守梁山，虽屡受朝廷讨伐，却丝毫不惧，甚至还能次次活捉官军主帅，这该是怎样一个勇猛的豪杰呢？其实不然，他只是一个供职于小县城里的小文书。他手无缚鸡之力，才学甚至不通孙、吴兵法。但其侠义之心却天下闻名。不论多无法无天的人物，一听到宋江的大名，无不唯唯诺诺，俯首帖耳。要说究竟怎么个侠义法，充其量也不过是给有难处的人施舍点钱财，被无赖敲诈了也不生气罢了。

　　就凭这些，居然能使其他一百零七位好汉甘心被他统领，真是不可思议。对于这一点的解释作者并未明写，如果由我补充一下的话，可能会是以下原因。宋江这个男人，实际上很无能的，这点连他自己都承认，因此他从不和别人去争个高下。不争，正是他的长处。一般来讲，人若有才能就会比较自负，遇到能力相当的人时，为了证明自己比对方强就会去一较高低。如果确定对方不如自己，心里便会踏实不少，反之，则不会服气。这样一来，则会看不到对方的优点，或者把对方的优点当作威胁，便无法共事。宋江却是这样一个无能到无以复加的地步的人。如果用历史人物作比的话，宋江比较像汉高祖刘邦。但在中国，人们对这种人评价特别高。实际上，在艰辛的世道里，这种无能且有自知之明，而且从不耀武扬威的人是有用武之地的。

宋江一伙，最初只有三十六人，这个人数是在北宋末期到南宋结束近二百年间里被确定下来的。从南宋末期发现的一些材料里，记载着与《水浒传》里的天罡星三十六人名字基本一致的文字。

所谓的大头目三十六人，小头目七十二人的说法，可能到了元代才出现。元曲中经常出现"三十六大伙①，七十二小伙"这句话。"伙"是同伴的意思，头目如果也看作同伴的话，那么"伙"也应该有头目的意思。不过，在元代，一百单八将的名字恐怕还没有被全部确定。我推测，估计是在最后，也就是随着作者写完《水浒传》的同时才被定下来。

众所周知，《水浒传》是章回体小说，一章的内容叫作一回，各回目用一句对子作标题。第七十回是分水岭，一百单八将由于各种各样的原因入伙，齐聚于梁山水寨，至此人物全部登场，并一一排了座次。为了保卫水寨，每个人还被分配了不同任务，全书故事也至此告一段落。

七十回之后，笔锋一转，宋江等人归降了朝廷，并作为朝廷的军队讨伐叛军。在与当时在浙江揭竿而起的规模甚大的方腊起义军作战时，一百零八个人或战死或病死者有一多半，但不管怎样，还是大破敌军，生擒了方腊，班师凯旋。但当时的政治极端腐败，立了大功的宋江也难逃朝廷的猜忌，落得个以一杯毒酒被赐死的结局。临死前，宋江知道以李逵的脾气肯定会报仇谋乱，于是叫来李逵，使他一同饮毒酒而死。《水浒传》便是以这样的悲剧收尾。

今天我们看到的《水浒传》完成于十六世纪末到十七世纪初这段

---

① 同"伙"。

时间。小说一经问世，大受欢迎。明代人不喜欢"正儿八经"的经书，也不怎么读正史，宋江完全是作为小说主人公而受到喜爱。我读《宋史》等书时，发现有宋江等三十六人四处劫掠，还有其被张叔夜①招降等记载。看来《水浒传》并非全是虚构的，而是以史实为基础创作出来的，这点挺令人惊讶。

《水浒传》可不光是用来打发时间的娱乐性的小说，人们也认识到了它有着很高的文学价值。被单纯当作文学作品来研究，日本是在大正年代开始的，中国是进入民国之后开始的。尤其是新文化运动的领军人物胡适，对这部古白话小说推崇备至，并综合了自己的研究，给《水浒传》加了新文学式样的评注使之更易理解，随后还出版了相关专文。②那时候，不管是日本还是中国，对《水浒传》的研究热情空前高涨。

不过，在新中国成立以后，比起对小说的研究来，对作为真实历史人物的宋江的研究则热情更高些。宋江等反抗朝廷之举被认为是农民起义，但其后宋江归顺朝廷，讨伐方腊，做出巨大的牺牲，终于获得胜利。这点本应该是有献身精神的忠义行为，但有人认为这是对农民起义的背叛，进而进行了批判。就像对宋朝尽忠的岳飞，其事迹也有些相似之处。宋江为朝廷扫平内乱，除去后顾之忧，对宋朝来讲是有功的。这些功绩却被有些人认为是抹不掉的污点而遭到指责。对宋江来讲，有点造化弄人的意味。

《宋代三次农民起义史料汇编》里，并未把宋江的事迹独列为一个专题，而是作为附录附加在方腊起义一文的后面。这当然是由于历

---

① 张叔夜（1065—1127），北宋名将。曾镇压宋江起义。靖康之难时，与徽宗一起被俘虏，北上途中自缢而死。

② 胡适先生所撰关于《水浒传》的专文主要有：《〈水浒传〉考证》《〈水浒传〉后考》《〈水浒续集两种〉序》《百二十回本〈忠义水浒传〉序》等。

史上宋江起义的规模远不如方腊起义规模大，但恐怕也有宋江投靠朝廷后又镇压方腊起义之举不被编者赞同的原因在里面。此书编者赞同清代史学家毕沅的主张，并直接引用其结论，"是宋江之讨方腊，固有明证"①。毕沅对宋江还有一些赞词，不过这本书的编者没有同意这些肯定意见，还是认为宋江的行为是反动的且不容辩驳的。

新出土的史料

关于历史人物宋江的记载，断断续续散见于史料中，很难知其全貌。虽然历史学家想要依据这些零散的史料进行系统的研究，但遗憾的是终究没有定论。

1939 年，陕西省府谷县出土了一件珍贵的文物，那是一块被称作《宋故武功大夫河东第二将折公墓志铭》的石碑。此碑刻于北宋末年，碑文是一个叫作范圭的人撰写的。碑中的折公指武将折可存。

府谷县位于陕西省东北端，紧挨着内蒙古，被黄河的一个大弯所坏抱。宋代时，一个外族的豪族——折氏家族居于此地。此家族代代名将辈出，率领部民，为宋朝效力。北宋末期的折可求，便是折氏家族的代表人物，与入侵的金军奋战，后因不敌而投降。碑中的折可

---

① 此句见于清·黄以周等《续资治通鉴长编拾补》卷四十二："又毕氏《通鉴考异》云：'《北盟会编》载《童贯别传》云：贯将赵延庆、宋江等讨方腊。据《宋史·本纪》，宋江之降在次年，《别传》误，今不取。'案毕氏此言亦失考。今据《长编》所载，三年四月戊子，童贯与王禀等分兵四围包帮源洞，而王涣统领马公直并裨将赵明、赵许、宋江次洞后，《十朝纲要》亦载三年六月辛丑，辛兴宗与宋江破贼上苑洞。是宋江之讨方腊，固有明证，而毕氏乃疑《童贯别传》为误，其说殊未当也。"根据这段史料记载，"宋江之讨方腊，固有明证"是《续资治通鉴长编拾补》作者的结论，而毕沅的意见恰与此相左。

存，便是折可求的弟弟。

　　此墓志铭里记载着重要的史实。折可存在宣和三年（1121）作为一名将领随军讨伐方腊，因有一些战功，被封为武功大夫。方腊在四月二十六日被擒后，折可存率军返回都城。在这途中，他很可能接到了朝廷下达给他的追捕草寇宋江的命令。墓志铭里记载：

　　　　腊贼就擒，迁武节大夫。班师过国门，奉御笔："捕草寇宋江。"不逾月继获，迁武功大夫。

　　这里的"班师过国门"，按照字面意思理解的话，指的是经过了都城开封的城门，但把前后之事联想一下，恐怕这并非事实，应该是指班师回到了离都城很近的京畿路的意思。

　　另外，这里的"宋江"是指谁？这句话到底是什么意思？这也是个疑问。因为就在折可存征讨方腊不久前，宋江也作为一员大将征讨了方腊，并且还立了大功。

　　中国台湾的牟润孙博士曾试着解释过这一问题。他在1952年发行的《台湾大学文史哲学报》第二期上发表过一篇题为《折可存墓志铭考证兼论宋江结局》的论文。与前文所提到的有失学术水准的《宋代三次农民起义史料汇编》正相反，这篇论文恪守了中国自古以来的学术传统，是一篇真正意义上的论文。不过这并非是说此文的结论就正确。

　　根据牟氏的考证，依照宋王朝的政策，对于有能力的武将，即便战功卓著，也不会给予什么权力，不仅如此，甚至朝廷还屡屡怀疑其有无反叛之意。连北宋中期的名将狄青，也是被朝廷利用后，便不再受重用。到了南宋依旧如此，像岳飞，屡立战功，为宋朝复兴卖尽了力气，最后竟以"莫须有"的罪名被处死。宋江也是一个例子，征方腊立功后，一定是受到朝中一些文官的嫉妒，方腊被灭，便立刻遭到了朝廷的毒手，或是被逼无奈而谋反，或仅仅是有谋反之嫌，历经苦难，被朝廷派兵捕获。虽然墓志铭对于宋江被捕之后的事情没有任何记载，但事实果真如此的话，宋江的人生以悲剧落幕则不言而明。《水浒传》对于宋江悲壮死去的描写，多少与史料的记载是相同的。

牟氏的见解，里边似乎包含着不少个人情感。虽说宋江不过是一个小说的主人公，但他英雄般的形象，被深深印刻在人们的脑海里。作为学者，也不大可能彻底脱离大众的一般观念，总是希望能在小说《水浒传》的观念下解决一些历史问题。

不过我感觉牟氏有点急于下结论了。在最后下结论之前，应该以事实为依据，再深挖一下。也就是说，牟氏在研究折可存的墓志铭时，忽略了对宋江被擒时间的分析。墓志铭说，"不逾月继获"，这个"不逾月"到底怎么解释？

前文所述，方腊被擒是四月二十六日，以这个时间为起点算，"不逾月"就是在四月之内，那么离月末二十九号只剩三天时间。这时间太短，应该不会是事实。因为就算从折可存回兵开始算起，三天之内返回都城都有些勉强。所以"不逾月"肯定是从"过国门"开始算起。那么"过国门"是几月呢？通篇都没有记载。这篇墓志铭写得也很不详细，估计连作者自己知不知道实际的日期都得打个问号。中国的很多文献里记载不完备的地方也很多，并不需要大惊小怪。这个时候，我们就只能从其他的史料里去寻找了。

不过在这个问题上，我手头正好有很有价值的史料。南宋王称《东都事略》"宣和三年"一条记载："五月丙申（三日），宋江就擒。"《东都事略》为《宋史》的编修提供过一些史料，被普遍认为可信度比较高。不过在这件事上，这本书上突然写了这么一笔，也找不到其他史料可以旁证，所以有些历史学家没有采纳这条史料。

但是，随着折可存墓志铭这个第一手史料的发现，再联系上方腊在四月二十六日被擒后宋江亦被擒这一事实，《东都事略》的记载就非常有价值了。这样，我们不得不认为，它记载的宋江五月三日被擒这一条史料应该是真实的。

当然，对这个事实的认定肯定会招来不少非议，不过历史学的研究方法既然是被大家共同认定的，那以科学的研究方法得出的结论就不应该被反对。

最初，朝廷任命童贯为讨伐方腊军总帅，下率将军二十余人，宋江便是其中之一。记载这段时期的基本史料有南宋李埴的《皇宋十朝纲要》和杨仲良编写的《续资治通鉴长编纪事本末》。这两种史料的真实性已经得到了学界的普遍肯定。

在这两本书中，有两处对宋江活动的重要记载。第一处，四月二十四日，官兵包围了被方腊攻占的帮源洞，宋江带队绕到洞穴背后，切断了方腊的逃跑路线。方腊成了瓮中之鳖，于四月二十六日被官兵轻松捕获。

虽然首领方腊被擒，但六州的叛乱仍在持续，方腊残部仍在顽强抵抗，朝廷军不得不分兵镇压。宋江也依旧很积极，终于在六月五日，与辛兴宗一起攻破了上苑洞，这标志着方腊挑起的叛乱被彻底平定。

从这段记载的两个日期，即四月六日和六月五日来看，五月三日位于这之间，所以宋江在五月三日被擒是不可能的。如果真是这样，则一定还有另外一个宋江。

宋江有两个

如上文所述，参与讨伐方腊的将军宋江，四月份在前线作战，五月份悄悄溜出来做了草寇，被朝廷捕获，六月份又被放了回来继续当将军，这种事情，除非推理小说，不然就算是在动荡激烈的北宋末期，也不可能是实情。可是，不论是新发现的折可存的墓志铭也好，还是早已有之的《东都事略》《皇宋十朝纲要》《续资治通鉴长编纪事本末》也好，都是很确实的史料，其所记载，应毋庸置疑。所以我们除了得出"将军宋江"和"草寇宋江"是两个人的结论外，别无选择。

得出这个结论后，让我们再回头看看其他史料。其实一看便知，我们一直以为是一个人的宋江，在较早史料里便记载着宋江实有两人。

率领着三十六人的头目宋江，其名字最早出现于宣和元年（1119）十二月，史料里所载的"山东之盗宋江"。"山东"是一个很笼统的说法，大致就是现在的山东省，梁山水泊便在此境内。据说宋江等人大概在一年之内，便把山东境内骚扰了一圈。他们的行动，散见于诸多史料中。

到了宣和三年（1121），宋江等人南下进入淮南路界内，后又北上，甚至攻击了京东东路的淮阳军。《宋史》里记载，"二月，淮南盗宋江等犯淮阳军，遣将讨捕"。意思是朝廷得到淮阳军的奏报，做出了派兵征讨的对策。淮阳军为京东东路所属。因为宋江等是从淮南方向攻来，所以被叫作"淮南盗"。不过，就算当时的官员们没有想到宋江一伙其实是发迹于离淮南军更近的山东这一点，也无须感到惊异。

山东之盗，或者说淮南之盗宋江，从宣和元年到宣和三年二月，确实是以盗匪的身份在各地流窜，这一事实对我们来讲尤其重要。为什么这么说呢？因为这可以视作在这段时间里，还有一个宋江在官军里做将军的证据。

草寇宋江出现约一年之后，方腊一伙在浙江揭竿而起。这一位可非宋江似的只在地方上抢抢东西，做做强盗而已，方腊占领了六个州，建立了政权，破官兵，杀官吏，势不可挡。朝廷大为惊骇，命童贯为总帅，领兵二十万，征讨方腊。朝廷军在开封集结，宣和三年正月七日向前线进发。跟随童贯一同前往的将军都有谁呢？刘延庆、刘光世、辛企宗、宋江等。这些都是名将，宋江也在其列。在可信度极高的基本史料《三朝北盟会编》所引用的《中兴姓氏奸邪录》中，可以看到对这件事情的记载，所以其真实性是无可置疑的。童贯在正月二十一日渡过扬子江，到达镇江。部下诸将也先后抵达扬子江南岸。这个时候，正是正月刚过，二月开始之际，盗贼宋江还"活跃"在山东淮南各地。至此我们无法再认为两个宋江是同一人了。所以，理所当然，五月份被擒的那一个是草寇宋江，四月到六月征讨方腊的那个是将军宋江，这个结论无须质疑了。就算有谁还想反驳，按照史学研究的规则来看，当时所谓的"宋江"实际上有两个人的结论是更可靠的。

那么，为什么两个宋江会被误认为是同一个人呢？原因很多：

第一，宋江这个名字在史料中出现的时间很短，即宣和元年到宣和三年，只有三年时间。乍一出现，转又消失，人们先入为主，换作谁都会以为是一开始的那个宋江，这也是很自然的事情。而且宋江这个名字也不特殊，姓"宋"的人太多了，"江"字又如此平凡。可另一方面，在之前的历史中成名的人物里还真没有叫这个名字的，之后的历史里也不大能看到。这就使得后人更加以为宋江这个名字就是指同一人。

第二，《宋史》之过。《宋史》里关于宋江的记载方法实在不敢恭维。宣和三年二月宋江进犯淮阳军一事其他史书也有记载，但《宋史》偏偏是在这件事之后紧接着写了朝廷命张叔夜招降宋江一事，也就是把两件事写在一起了。虽然细读的话，也能知道后面一事比前面一事晚得多，但要不仔细读的话，很容易看成招降也是二月份的事情。如果二月宋江投降，那么四月份去征讨方腊，时间上就来得及了。于是，草寇宋江摇身一变，成了将军宋江，这种推测就站得住脚了。《宋史》是二十四史之一，虽说也是正史，但学者们觉得它是一部漏洞百出的书。但它在二十四史里，很容易得到，所以也被最先翻阅，这样就容易先入为主。跟《宋史》相比，《东都事略》的记载更可信，因为《宋史》编撰于元代末期，元朝将亡之际，而《东都事略》成书于南宋，当时和北宋有关的史料还有很多留存于世。对于招降宋江等事写得也不像《宋史》那样容易被误解。上面很清楚地记载着"五月，宋江就擒"。要是先看《东都事略》的话，可能就不会对《宋史》的记载产生误会了。

第三，过于相信《宣和遗事》一书。《宣和遗事》是一种带有话本性质的历史小说。它写了宋江三十六人的姓名，写了他们结成一伙的经过，还写了宋江最后征讨方腊立了功。正式的文献或是史书里没有一处说草寇宋江变成了朝廷的将军，除了《宋史·侯蒙传》。侯蒙在朝中地位相当于副宰相。《侯蒙传》里记载，说有一次他给皇帝上书，希望赦免宋江之罪，命其讨伐方腊，皇帝准了他的请求，但还没来得及去做便病死了。除了这篇传记外，再无类似的记载。"实现"了侯蒙愿望的书，《宣和遗事》是第一本。

关于《宣和遗事》的成书时间，众说纷纭，至今没有定论。有人说成书于宋代，但似乎并没有那么早，怎么看都像是元代以后才写成的，但肯定比《水浒传》早。不过，这本书本来就是历史小说，不管有多早，说书里所写的是事实也是没有根据的。但它的确对造成草寇宋江就是将军宋江的认识起到了心理暗示的作用。

第四，《宋史》以及其他诸史料中，用"招降宋江""宋江出降"这样的措辞比较多之故。"招降""出降"这样的词汇，是一种会使人感觉宋江是自愿选择投降的一种措辞，容易造成如朝廷是以参加征讨方腊为条件才接受宋江投降的一类推测。所谓"宋江出降"的实际情况，《宋史·张叔夜传》是这样记载的：

（宋江攻海州，时任海州知事）（张）叔夜使间者觇所向，贼径趋海濒，劫巨舟十余，载卤获。于是募死士得千人，设伏近

城，而出轻兵距海，诱之战。先匿壮卒海旁，伺兵合，举火焚其
舟。贼闻之，皆无斗志，伏兵乘之，擒其副贼，江乃降。

　　这里的副贼，就好比是《水浒传》里的卢俊义这一角色。可见这
时的宋江是进退维谷，自身难保，不得已才投降。又或者是像《水浒
传》里结义兄弟为了遵守"不求同日生但求同日死"的誓言才投降。
其原因从这条史料上无法判断。但不管怎么说，宋江是战败后不得已
投降的。所以像其他史料，比如《东都事略》里写成"就擒"是比较
妥当的。

　　草寇宋江所求不过是知州一地方官，手下不过千余亡命之徒，可
见其战斗力很低，自然会被朝廷打败，落到不得不投降的境地，这一
点也需要注意。以宋江的实力来看，和方腊根本无法相提并论。就凭
这点实力，就算被朝廷收编，宋江也成不了与童贯手下的刘延庆、刘
光世、辛企宗等名将相比肩的人物。其威风自也无法比肩。况且，童
贯率领的部队都是朝廷的精锐，将领都是以在陕西一带有过实战经验
并且立过功为条件选出来的。

　　比较种种史料，越看越觉得参加征讨方腊的宋江和草寇宋江不可
能是同一个人了。

《水浒传》文学的根本问题

　　至此，一直被认为是同一人的宋江从史料上可以证明是完全不同
的两个人。我们有必要从这一结论出发，来反观《水浒传》的文学评
价问题。如何评价《水浒传》，多数学者几乎都没有异议，但我觉得
还是有必要重新探讨一番。

　　《水浒传》从开始动笔到成书，最接近当时面貌的应该是百回本。

生活的挫败，恶吏的压迫，使得走投无路的一百零八个人通过不同的曲折经历被逼上梁山。这段故事便是前七十回所呈现的。后三十回里，记载了宋江率众人归顺朝廷，先是征服辽国，后又灭了方腊，立下不世之功，终因朝廷猜忌而被毒死。

为了使读者尽兴，给梁山好汉更多立功的机会，作者还加进了平定田虎、王庆之乱等故事，使得回数增加到一百二十回。

话说回来，一直据守梁山，反抗朝廷，与官兵交战不断的宋江集团突然转变态度归顺朝廷，还比谁都积极地为朝廷尽忠，这样的故事主线免不了使人觉得不太自然。在中国漫长的历史长河里，倒也不是没有绿林之人被朝廷招安后还为朝廷立下大功的例子。太平天国时期就屡有这样的人物出现。张国梁就是一例，他离开太平军归降朝廷后，率领官兵攻打太平军，还升到了副司令官的位置，后壮烈战死。但这样的人是绝对成不了英雄的。这样的人物不过是对命运的捉弄无可奈何，懂得顺应时局，根本谈不上诸如一开始就没有失去对朝廷的忠心之类的理由。

宋江也是如此，如果说他一开始也和一般的草寇没什么两样，不过是由于某些原因归降了朝廷，后又受朝廷之命去打一些硬仗，立了一些应得的功绩，这样的话故事也就自然多了。但《水浒传》却偏偏加上了不少说词，什么虽然跟官兵打仗但心还是忠义的，什么不是要推翻朝廷而是替天行道，什么虽然杀了不少人但并非作恶，等等，让人不禁怀疑这些理由的合理性。书里说得越多就越是感觉不自然。这也能算是上乘的小说吗？

对这个令人不解的疑问，明末清初的才子金圣叹（1610？—1661）[①]的看法一针见血。金圣叹是文学评论家的鼻祖，他十岁进入私塾，读了《论语》《孟子》觉得索然无趣。幸运的是，他第二年因

---

① 原书中金圣叹生年写作 1610 年左右，一般认为是 1608 年。

病在家休养，这段时光里偷偷读了《水浒传》，这是改变了他一生的一个转折点。他为《水浒》而倾倒："天下文章，无有出《水浒》右者。"需要注意的是，金圣叹所说的《水浒》指的是前七十回，就是所谓的正篇。在他看来，正篇才是施耐庵的原作，是天下第一名文，后三十回的续篇乃是明代的罗贯中自不量力的狗尾续貂，乃是贻笑大方的拙作。换句话说，想看梁山好汉的故事只读前七十回就够了，想看变身为官兵将校后的无聊的作战故事就看续篇好了。因此，他只取前七十回书，称《第五才子书》，并加以评论刊印出来。

不过，说《水浒传》前七十回确实为施耐庵所著，后三十回是罗贯中所续写的，这点尚没有什么证据可以证明，因此还不好下定论。如果我们静心细读文本，会觉得百回本里前后是有所照应的，应该是出自同一作者之手。但即便如此，七十回还是一个分水岭，前后文风迥异，免不了使人有前后文相抵触之感。金圣叹凭借敏锐的洞察力，最先看到了这个不足之处，于是干脆一刀两断，断定前后绝非同一人所写。这样的文学嗅觉确实令人赞叹。从文献学的角度讲，金圣叹肯定会被指责过于武断，但总体上来看，应该对其优秀的文学感觉表示由衷的敬意。

金圣叹并非历史学家，但他凭着敏锐的文学感觉读历史时，似乎也对草寇宋江参与讨伐方腊一事表示反对。因为，他对当时侯蒙请旨赦免宋江并利用宋江去征讨方腊的决定大加批判，认为这简直岂有此理，并痛骂道，如果侯蒙的政策被施行的话，"恶知其不大败公事，为世稚笑者哉"。看来，不论是文学也好，历史也好，他所认为的宋江就是梁山泊的宋江了。

文学与历史有本质区别。但历史小说也并非一般的小说，它借用历史事实，有着省略一些叙述和说明的优势，但同时，却不能完全无视史实。就好比演历史剧，多少需要对当时的生活风貌做一些考证，是一个道理。历史小说也一样，不仅要求作者有一定的历史感，对评论者来讲历史感同样也是不可或缺的。金圣叹，具有敏锐的文学感的同时，兼有优秀的历史感，实在是非常难得。

金圣叹去掉后三十回，总体上看确实除去些违和感，但另一方面，他又在文本里加进了评语，又产生了一些不自然的感觉。这是因为他太看重文章的形式。这点胡适曾经也很中肯地指出过。但也有对其充分肯定的，比如像复刻七十回本《水浒传》的刘复，曾对金圣叹本无比推崇，"他（金圣叹）的《水浒》总比其余一切的《水浒》都好"[1]。

就我个人来看，从文献学的正统性角度来看，百回本应该更加得到重视，但纯粹从文学的角度来看，确实前七十回更好些。虽说历史小说作为文学作品所表现出的文学上的必然性与历史事实的必然性有本质区别，但若能将二者统一起来则最好不过。这也是最能称之为历史小说的原因所在。

---

[1]　见刘复藏明崇祯贯华堂刻《第五才子书施耐庵水浒传·序》。

第三章　妖贼方腊

征四寇

　　最能展现《水浒传》最初完成时的面貌的是明末时期出版的百回本。前七十回，宋江等一百零八位好汉，通过各自不同的经历，齐聚于朝廷权力触及不到的梁山水寨。后三十回写其如何屡次击退官兵进犯，如何生擒朝廷大将以显示武力，后接受招安，为朝廷抵御外敌并立功等故事。

　　梁山众将接受招安后，第一场大战是对辽作战。北宋时，契丹族以蒙古地区为中心，建立了一个东至日本海，西抵中亚，南至中国北京一带的辽王朝政权，就连当时的汉人也会在辽前面加一个大字，称其为大辽。宋辽两国签署平等条约，成为友好的邻国，并互称"大宋""大辽"，这一习惯也延伸到了民间，这在中国历史上是罕见的。就这么一个大帝国，宋江在没有朝廷派兵帮助的情况下，使之屈服，并缔结城下之盟，得胜而归，真是有意思。更有意思的是，宋江立下了如此破天荒的功劳，威风凛凛凯旋之后，朝廷为以示表彰封其为保义郎。保义郎一职，正九品。比之于日本旧军队的话，是比陆军少尉还低的官职。① 这个功绩如同大山大将② 这样的人物凯旋时，等待他的却是一个陆军准尉的任命状，朝廷的赏罚简直是在胡闹。作者在明里讽刺宋朝的同时，不得不说也是对自己所处的明王朝的暗讽。

宋江征辽时，起了大作用的是绰号为"入云龙"的公孙胜。此人练过道术，善使法术，能起黑云，召旋风，唤雷雨。因为敌人阵中也时不时会出现几个会法术的人物，为了破解敌人的法术，公孙胜则成了宋江阵营里不可或缺的人物。

宋江连连大捷，大军直指辽国的军事重地幽州，这时遇到了辽国强有力的援军。率领援军的是副统帅贺重宝。这是一个不可轻视的法师，但宋江起初并不知道。他乘势率兵与贺重宝交战，见贺重宝要逃走，便分兵去追。就在此时，天空的一端出现一团黑云，还没看清怎么回事时，黑云便逼近宋江的军队，并遮盖了天空，顿时漆黑一片，周围伏兵四起，宋江的军队只能摸黑找路，准备退却。

军中的公孙胜见势不妙，便知是敌人使的妖术。他迅速拔出宝剑，摆好架势，口中喃喃地念着咒语。突然，他挥起宝剑，大叫一声："疾！"不可思议，黑云立刻破散，阳光照射进来，明媚如前。

宋江等清点部队，发现卢俊义及其所率十三位将领和五千兵马不见了踪迹。原来他们在刚才黑云密布时迷失了方向，被敌人诱骗进一个只有一个出入口的深谷里。于是，解珍、解宝两兄弟装扮成猎户，摸索着进入深谷。在发现卢俊义等人所在，准备带其出谷时，埋伏在

---

① 明治维新时期，天皇根据伊藤博文的建议，设立了旧日本陆军军制。其军衔从高到低大致依次为：大元帅（天皇），将官（大将、中将、少将），士官（大佐、中佐、少佐、大尉、中尉、少尉），准士官（准尉），下士官（曹长、军曹、伍长），兵（上等兵、一等兵、二等兵）。

② 大山岩（1842—1916），日本元帅陆军大将，日本陆军创始人之一。日俄战争期间的日本满洲军总司令，数次击败俄军。大山岩是明治维新的关键人物之一，在日本享有盛誉。

那里的贺重宝再次作法，召唤黑云。于是，又不见光亮，无法辨明方向。赶来救援的公孙胜再次斗法胜出，平安救出众人。失去妖法的贺重宝在后来的一战中被宋军所杀。

得知副统帅战死的消息后，大辽统帅兀颜光率大军南下，其长子兀颜延寿为先锋，与宋江军队碰了面。

宋江摆起了惯用的九宫八卦阵，兀颜延寿深陷阵中，感觉自己像是被铜墙铁壁包围住一样动弹不得。这时，宋军中的勇将呼延灼突然杀出，生擒了兀颜延寿。使兀颜延寿感觉到被围困于铜墙铁壁中，其实也是公孙胜所施展的奇妙道术。

接着，终于到了兀颜光和宋江两军主力交战的时候了。兀颜光布下了名为"混天象"的阵法，此阵千变万化，无比奇妙，宋军大败。身心俱疲的宋江，受到九天玄女的托梦，被传授了破解此阵之法，并且令公孙胜施展道术，最终大破敌军。此战后，辽国失去信心，向大宋乞降。

细想想，每次对辽作战最要紧的时候总是公孙胜起了关键作用，百回本里这样的写法，似乎隐藏着作者的深刻用意。公孙胜尽自己所能帮助宋江，表现得非常义气，此战之后，他离开了宋江，归隐山林，重回到师父罗真人门下，继续清修更深奥的道法。所以，宋江被命令征讨方腊的战争他没有参加。在此之前，数次的对辽战争里，不可思议的是宋江的部下一将未损，但在征讨方腊时，各好汉接连战死，损失近一多半。估计谁都会想，如果公孙胜没有走，继续施展道法，一定会避免这么多人牺牲。对公孙胜来说，如果知道这后面还有征讨方腊的战争，他再中途离开，就显得不够仗义了。但他以为战事已了，任何封赏都没要，决心归隐。他对宋江吐露心声道："今日兄长功成名遂，贫道亦难久处。就今日拜别仁兄，辞了众位，即今日便归山中，从师学道，侍养老母，以终天年。"宋江之前也对公孙胜做过允诺，无奈挥泪而别。

　　就此来看，公孙胜的归隐在百回本里有着重要意义。由于征讨方腊一文里要写死伤无数的情节，所以公孙胜必须离开。为了使公孙胜的离去不会显得不仗义，就必须创造一个离去的正当理由。所以立下大功就很是必要。要立大功，就必须有大的战争。因此，百回本里对辽作战的情节，就是为了给公孙胜个人一个大显身手的机会，所以这段情节的设置便不足为奇了。

　　反过来说，为了写征讨方腊，必须使公孙胜离开，那么对辽作战就非常有必要。如果不细读，会感觉对辽战争一章横插一腿，根本没必要写。或像胡适认为的，这段文字是后世加进去的，但其实绝不是这样。征讨方腊和对辽作战是不可分离的。这也一定是作者按照自己所设计的一条完整的主线来书写的。

　　百回本一经问世便大受欢迎，于是有人开始续写。恐怕是因为书商们想趁机大赚一笔，便鼓动某个喜欢凑热闹却无甚文采的文人来续写。他在征辽和征方腊之间，插进了两场战争，即平定田虎之乱和王庆之乱。所以前后一共四场战争，称作"征四寇"。因为加了"两寇"，所以回数也增加了二十回，故称百二十回本。这两场战争是发生在征辽之后和公孙胜离去之前，所以公孙胜当然也参加了战斗，而且立了功。只不过，这位续写者并没理解作者的苦心，对公孙胜的描写很不妥当。在讨伐河北的田虎之乱时，公孙胜遇到了因堕入邪道而被赶出师门的师兄乔道清[①]，两人便斗法决战。虽说被赶出师门，但多年的修炼也不是白费的，乔道清居然在对决中占了上风，公孙胜施展的招数一一落空。慌了手脚的公孙胜回到罗真人那里求教战胜乔道清之法。这段描写，把公孙胜写得颜面尽失。作者为公孙胜的归隐苦心设计的功成名就的情节，被白白糟蹋了。

---

①　关于乔道清的叙述，不同版本中也略有不同。百二十回本中，乔道清欲拜罗真人为师，但罗真人认为乔道清所学的法术为外道，拒绝收其为徒。

征四寇里，第二寇田虎军中有乔道清，同样，第三寇王庆军中也有一个叫作马灵的术士。甚至在最后一寇方腊军中，也有包道乙、郑魔君这样的妖人存在，着实让宋江军吃了不少苦头。这种神怪故事，小时候读还挺开心，但现在再回头去看，跟现在流行的怪兽故事差不多，都是很荒唐的，实在提不起再去读一次的兴趣。但是，为什么给成年人看的《水浒传》中会出现如此多的神怪情节呢？

唐末至宋，在民间对公孙胜会施法这种事情还是相信的。有时叛乱者会利用这些东西来蛊惑民心。北宋时期，河北王则叛乱便是一例。王则本来是身份低微的一个兵卒，他欺骗同伙说自己会法术，于是举兵造反，引起不小的骚乱。

老百姓信妖术也就算了，连堂堂朝廷的大臣们也信这个。徽宗时期，开封被金军包围后，朝廷相信了妖人郭京的鬼话，以为可以施展六甲法，搬来神兵与金军作战，结果连都城都被攻占，遂成世间笑柄。这种信仰流传到了后世，于是出现了《水浒传》里像公孙胜之类的术士施法大显神威的情节。

说实话，公孙胜是宋江为首的三十六人中来历最可疑的一位。最初三十六正将的名单出现于南宋末期，当时这三十六人里还没有公孙胜。公孙胜的加入，估计是开始于元代的小说《宣和遗事》。到了明代，郎瑛的《七修类稿》里公孙胜又消失了。《水浒传》里他又以重要人物的身份登场。这也说明了公孙胜应该是因为作者个人的喜爱才被创作出来的。

方腊为什么造反

方腊的叛乱，按现在流行的学说来说，是农民起义，是被压迫的农民为反抗封建政权揭竿而起的正义之举。这种看法从一定程度上来说是有道理的。方腊确实是农民。但他不是贫穷的自耕农，也不是佃户，更不是雇工，而是一个不折不扣的大地主。

方腊的叛乱可不像宋江似的仅是区区草寇，这在历史上是件大事，留存下来的相关史料非常多。据史料记载，方氏一族是居于浙江省西部清溪县①的大族。方腊自己就拥有一个面积广阔的漆树林，故收入不菲。北宋末年政局的混乱波及此地，也为其叛乱埋下了祸根。由于徽宗的奢侈无度，朝廷对地方横征暴敛，连这样偏僻的农村也难逃此劫，只要有点收入，就会被朝廷盘剥掉。若光是苛捐杂税重，忍忍也就罢了，方腊还被强制去做杂役，稍有懈怠便受鞭笞，不愿挨打就得私底下拿钱去贿赂，这对方腊的自尊心来讲是莫大的屈辱。于是他燃起了对官吏的滔天之恨。而这恨绝不只是方腊一个人有。

另一个叛乱的原因是当时在宗教上的一个秘密结社，叫作"吃菜事魔"。这是一个素食主义者信仰魔神的被朝廷严禁的秘密团体，是中世纪时兴起于波斯的摩尼教的一个分支——玛兹达教的信仰团体。此教派经南海进入中国，从福建开始蔓延到浙江、江西一带。其教义持不杀生之戒，所以也不能吃肉，于是教徒皆为素食主义者。仅是这一点，也无可指责。不过这个教派的信徒非常团结，相互扶持，有时为了祭神，不论男女，彻夜进行法事活动。教徒死后，被赤身裸体装进一个布袋里下葬。这与传统的儒教、佛教迥异，故被指责为伤风败俗的邪教，其所信奉之神也被称为魔而遭到排斥。政府也逐渐开始镇压此教。一旦发现此教信徒，便会抄其家，流放其全族，对告发者则赏以抄没财产的一半作为奖励。

方腊率领"吃菜事魔"的秘密组织起事，可见他也是其中一员，故当时方腊也被称作"妖贼"。另外，他的亲戚告发他谋反，使他深感不安，也是促使他下决心举起反旗的原因。告发他的是他的弟弟方

---

① 今浙江省淳安县。

庚，另外一个是叫方世雄，也是他的亲族。终于，方腊与其党徒谋划，下定决心造反，首先便是杀掉了当时的里正方有常，这个人恐怕也是方氏一族中人。这年是宣和二年（1120），正是宋江被人告发到朝廷的后一年。

另一个需要考虑的是，黑商与秘密组织的关系。当时朝廷对盐、茶、酒等商品实行专卖，来赚取高额利润用于中央财政支出。专卖商品的价格很高，就必然有一些非法商人暗中渔利。政府为此采取高压政策，对专卖品的监管非常严格，这就使得黑商们不顾一切，铤而走险，团结一致，互相扶助，结成牢固的利益团体，来对抗朝廷。一旦时机成熟，他们便会利用其藏匿于地下的庞大的关系网暴动起事。方腊的叛乱里，也有这一方面的原因，根据《宋会要稿》中"昨来两浙贼方腊，皆因私贩茶盐之人以起"①的记载可知，这点一直没有被重视。说实话，关于这一点也不需要去找什么文献印证。因为宗教的秘密组织和不法商人的秘密组织是相互依存的。宗教组织需要靠黑商组织的利润来维持，而官府对宗教组织的严酷镇压又使作为教徒的黑商们更紧密地联结在一起，这是一个很普遍的规则。

方腊起事的消息一经传开，周边地区群起响应方腊。方腊自称圣公，建年号永乐。我觉得建立年号是方腊决心与宋王朝公然对立的表现。

有人说方腊起事的动机是心里藏有当皇帝的野心。方腊出生的地方——睦州，在唐代时便出现过一个叫作陈硕真的女子发动叛乱之事。她也自称皇帝，看来此地有些天子之气。方腊有一次在溪边，看到溪水中倒映出的自己的影子竟身穿龙袍，便确信自己可以当上皇帝，于是开始等待时机。这个故事在《水浒传》中也照样写到了。

---

① 《宋会要稿》，即《宋会要辑稿》。《食货》二十六："昨来两浙贼方腊、福建贼范汝为皆因私贩茶盐之人以起。"

也有与此看法正相反者。方腊叛乱之势正不断扩大时，一个叫作吕将的太学生向方腊进献取天下之计。他认为，不管怎样，都要先取南京。南京是六朝国都，自东晋至陈近三百年间，统治着中国南方的半壁江山。所以攻占南京，可左右天下大势。但方腊摇摇头，没有采纳他的意见。方腊说我不过是区区百姓，起兵只是因为受不了酷吏的欺压，夺取天下非是儿戏，我是做不到的。

若真是如此，则与建立年号一举自相矛盾了。但方腊的暴动恐怕从性质上讲并没有什么矛盾之处。方腊痛恨官吏，见官则杀，若采纳了书生的建议，则相当于任用了以前杀掉的知识分子阶层官吏的同伙作为自己的智囊，这样革命的性质就发生了质的变化。恐怕方腊自己对于掌控这种大转变并没有信心。结果这场暴动只能是在没有任何方针指导下自生自灭。

方腊占领了六州五十二县。这六州基本上都是五代时期的吴越国的旧地。巧的是，它正好包含了浙江海岸走私盐的路径。所以方腊也得到了私盐贩子们的支持。不过，如果想要把暴乱变成革命发展到全国的话，则必须拉拢全天下的知识分子阶层。这对老百姓出身的方腊来讲并不容易。所以比起要不要占领南京来，要不要拉拢知识分子阶层这个问题更重要得多。结果，方腊难成大器，这场暴乱只在一小片地方上闹了几年便夭亡了。

对宋朝来说幸运的是，朝廷打算与金国结成军事同盟攻打宿敌大辽，方腊起事时，恰好军队刚在都城集结完毕。这些官兵都是在西北前线历练多年的精锐，于是顺势南下，平定了方腊之乱。部队由童贯率领，总计十五万人马，也有的说是二十万，将军宋江也在军中。面对这支军队，方腊军不过是乌合之众，根本无还手之力，不到百日便溃不成军。自古以来，所长之处也是所短之处，便是不二法则，在这场战争中同样是这样。方腊之乱之所以能迅速扩大，是凭借秘密团体的庞大关系网，但这种团体无法超越其本质而上升一个高度，这便成了其覆灭的原因。

《水浒传》所描写的宋江讨伐方腊当然全是虚构的。不过方腊这边出场的两个人物却是真实存在的。一个是吕师囊，担任方腊的枢密使，初战宋江便遭败绩。历史上的吕师囊是台州仙居县人。方腊起事后，他即举兵响应，攻占了仙居县，但随后被击退。后来他被折可存的部下杨震所擒。另一个人便是施展法术，使宋江受了不少罪的郑魔君，真实人物叫作郑魔王，败于童贯的部将刘光世，被生擒。称之为魔王，是因为他是信奉魔神的秘密组织的首领。

对于宋朝来说，为了讨伐辽国，在都城集结军队，还未出发时方腊开始叛乱，这实在是莫大的侥幸。若是再晚上一年，宋军已开拔到国境线上与辽国开战，而且一旦战败，陷入泥沼不能自拔的时候，暴动四起，宋朝命运又将如何？就算方腊没有夺取天下改朝换代的能力，那对宋朝的旧体制的破坏无疑也会更大。就像李自成从背后攻占北京，灭掉了明朝一样，方腊灭掉宋朝也未必没有可能。所以对方腊来讲，时机不巧，实在是遗憾，对宋朝来说，则是侥幸捡回一命。

但侥幸终归是侥幸，宋朝的恶政决定了其必将覆灭，无法长存的命运。这是历史的规律。方腊所在的地区自不必说了，官兵所到之处更是像洪水洗劫一般，片瓦不存。官兵甚至比方腊军更加残暴，对百姓非抢即夺，甚至无端杀害。长江下游本是经济最繁荣之地，换句话说是朝廷的财源地，一战过后，转眼便失去了近二百万人口，税收也好，专卖收益也好，都无法上缴。

另一方面，众将们也因此战的胜利而趾高气扬。本来镇压些乌合之众算不了什么，而上自童贯下至众将，皆以为立下了不世之功，自以为很了不起。刚从江南班师回朝，就接到了北上伐辽的命令。而此时士卒疲乏，军需补给也不充足，被攻击的辽军奋起反击，宋军大败，丑态百出。其后不久，又受到新起的金国的攻击，北宋王朝遂

走向灭亡。所以总的来看，方腊叛乱最终还是成了北宋灭亡的一个
原因。

杀人祭鬼

读《水浒》时，常会看到些异常血腥的描写。并不缺乏肉食的民
族把人视作动物吃掉的行为，在以素食为主的日本人看来是不可理解
的。数年前，我的老师桑原隲藏博士曾发表过一篇论文，指出古代中
国有一部分人有吃人肉的习俗。这篇文章不仅使学术界，也使一般社
会感到震惊。更令人震惊的是，《水浒传》中屡屡出现如活剖心肝以
祭灵的文字。我还记得小时候初读《水浒传》时，这些文字都因不敢
看而跳过了。这些描写，在征四寇，特别是征方腊时出现更多。

征辽、征田虎、征王庆时，宋江等一百零八个结义的兄弟谁都没
有死掉，但在征方腊时，由于敌人抵抗异常激烈，宋江的弟兄们接连
战死。

最初的激战是攻打润州，宋江施巧计，使方腊的枢密使吕师囊中
计，遂攻占润州。此战损失了三位好汉。宋江异常悲愤，于是在战斗
过的地方举行盛大的葬礼，将俘虏的敌人的两个统制官斩首，洒其血
以祭英魂。

其后，攻打独松关时，连损董平等三位大将。于是在俘虏了一名
敌将后，宋江下令将敌将割腹剜心，遥祭三将。[①] 破方腊后，将已自
杀的方腊的丞相娄敏中尸体找出，割下首级。还将藏匿于娼妓家里的

---

① 《水浒传》百二十回本第一百一十五回："将张韬就寨前割腹剜心，遥空祭献
董平、张清、周通了当。"

方腊手下大将杜微活擒，命将杜微剖腹剜心，滴血享祭众将亡灵。[①]因为书中经常出现这样的描写，我一直想这是不是一种习俗。

查找宋史的相关史料，发现这种残忍的行为反倒是方腊一方更常做的。方腊之所以造反，一方面是秘密组织遭受了官府的严厉镇压，另一方面也是由于官府对农民无休止的榨取剥削，百姓对官吏极其痛恨造成的。据史料记载，方腊"凡得官吏，必断脔支体，探其肺肠，或熬以膏油，丛镝乱射，备尽楚毒，以偿怨心"[②]。这是前线报告中的生动的记载。

对于方腊的残忍，官府是如何报复的，这点史料里没有记载。据我看，官府若有所报复的话，估计手段较方腊也只能是有过之而无不及。因为其后百年左右的南宋，恰好发生过一例类似事件，可以稍加揣测。

真德秀（1178—1235）做温州知州时，沿海海贼异常猖獗。他派驻屯军的大将王大受，率兵五百讨伐之。王大受顺利获胜，生擒海贼头目三人，小喽啰百余，其中一名头目还是王室之后。此战中王大受不幸负重伤，最终没能救过来死掉了。真德秀为了祭奠王大受在天之灵，用这样的手段处置了俘虏：首先把俘虏捆绑在练兵场内，用铁板遮掩住心脏，命众军士以箭射之，俘虏身上满是箭支，像刺猬似的。若有尚未死者，或用刀斩之，或用棍棒扑杀之。其中两个头目被单拎出来，被五马分尸。真德秀取出其心肝，祭奠了王大受。那个王室后裔的头目因其身份"沾了不少光"，没有被刀砍，只是被杖脊二百而死。

虽然这件事和方腊的叛乱性质不同，但其手段还是令人很吃惊

---

① 《水浒传》百二十回本第一百一十八回："将杜微剖腹剜心，滴血享祭秦明、阮小五、郁保四、孙二娘。"
② 《宋史》卷四百六十八。

的。为什么呢？真德秀是当时朱子学派的大儒，无论学问还是人品都被人们奉为泰斗一般，备受景仰。其有文集五十一卷，另外还有如《大学衍义》这样的名著存世。他在朝中的声望很高，口碑也很好。他从地方任上被调到中央，初见天子时，便进言诚心诚意是为政最重要的，这也成了后世学者们讨论的话题。像这样一个人，在处置海贼的手段上，几乎与方腊无异，实在猜不透真德秀的心理。

当然，真德秀也可能是为了对当时猖獗残忍的海贼予以警示才使用如此手段也未可知。但应该考虑是否有这样一个事实：用人的心脏来祭奠死者亡灵之举，是作为一部分地区的民间信仰在特殊场合中被施行的。

考察宋代的史料，我颇惊讶于杀人祭鬼这一野蛮习俗竟然在很多地区广泛存在。这里的"鬼"，不是日本所谓的"赤鬼""青鬼"等地狱中的狱卒，而是指人在死后还未找到转生之处时飘游不定的魂魄。这些鬼魂时常作祟于人间，人们会祭拜神灵希望对这些游魂进行镇压。但其中有一些神仙也镇不住的鬼魂依旧继续作祟。如果想要这些鬼魂停止作祟，需要付出高昂的代价，其中一项便是活人献祭。一般老百姓会认为，与其人人受难，不如牺牲某一人来换取众人平安，这也是不得已之事。于是人们选择了活人献祭，这便是杀人祭鬼的习俗。

史料所载，宋代最早的相关一例发生在宋太宗时期。公元985年，政府明令禁止流行于广东、广西两地的杀人祭鬼的习俗。后一次下诏是在990年，此诏书与前者相同，也是禁止杀人祭鬼习俗的，但范围扩展到四川、湖北、湖南等地。可见，此风俗并非岭南二省独有，其有向北蔓延之势，中国近三分之一的地区都有杀人祭鬼的事例出现。当然，这一风俗并不普遍，主要流行于比较落后的山区。即便如此，也相当令人震惊。

更令人震惊的是其实施方法。被献祭者多为儿童和妇女等没有抵抗力的人。他们被人贩子买来再高价卖出。有闰月之年，杀人祭鬼尤为盛行。其杀人方法极其残忍。史料记载："生剔眼目，截取耳鼻，埋之陷阱，沃以沸汤，糜烂肌肤，靡所不至。"①

鼓动人们行此习俗的是被称作巫师的一群人，对其言听计从的主要是地方上的富人。这些富人拿出十贯（相当于一万钱）来给某个自己相熟的村民，让他去把别人家的女儿偷了送来。这种事例是有的。为什么这些富人要做这种事呢？主要是为了祈求避免灾祸降临自己头上，甚至祈求能得到更大福运。主福运之神，他们叫作"稜腾神"。

杀人祭鬼习俗主要流行于中国的西部山区，与此相反，现以浙江、福建、江西为中心的东南地区，则比较信仰不杀生，不食肉，只食菜食等风俗，认为如此便可得到福运。前文已提及，此神被称为魔，方腊亦出于此教。

遵守不杀生之戒的同时又要通过杀人来积攒功德，这种混杂的信仰听上去颇为复杂。这种信仰特别是方腊所在的浙江地区更为流行。他们认为，人的一生就是无止境地受苦，杀人本身也是对被杀者的超度。这是一种虚无主义，是一种西部地区杀人祭鬼习俗的变式。无论哪种，都显示了当时中国社会普遍无视人命的人生观。

果真如此，则有人可能会反驳，说这与你们所认为的宋朝是中国的"文艺复兴"时代这一观点不是相悖了吗？其实，所谓文艺复兴，本来就是人们基于当时的世态构想出来的。

历史学，是追求事实的学问，不可以根据想象和观念来随意捏造。正如对于文艺复兴，也不应该单凭理论去研究。如果将西方文艺复兴中的一些现象放置于东方来比看的话，则同时有必要在基于东方文艺复兴的基础上重新去认识西方的文艺复兴。而且不止是一次，要在反复审视之后，加深自信，重新提出有价值的假说。

---

① 《宋会辑稿·刑法》二。

　　一面是先进的理念，一面是落后的现实，两者的不平衡性正是西方文艺复兴的特征所在。博洛尼亚的马雷斯科迪家族灭掉仇敌卡内托利家族后，将其族人烧烂的心脏悬挂于自家门上，这与宋代挖出敌人心脏祭奠死者之事极为相似，甚至使人难以感觉到东西方之间有什么差异。但是从年代上来看，宋代的杀人祭鬼比意大利悬挂心脏这件事要早三百年，所以以杀人祭鬼为由说中国是落后的，这完全不能成立。

　　《水浒传》中，方腊部下郑魔君施展妖术，令宋江苦不堪言。就在这危急时刻，一位身披金甲的天神救了宋江。这位神仙是被当地供奉的叫作乌龙王的龙神，其前身是唐代的一名叫作邵俊的秀才，科举失败，横渡长江时又不幸溺亡。上天对他十分怜悯，便令他做了龙神。这位神仙生前自己不得志，死后却成了使当地百姓要风得风，要雨得雨的守护神。这里萌生着一种以别人的幸福回报自己的不幸的博爱精神。对《水浒传》的读者来说，也是一种宽慰。

第四章　宦官童贯

宋代的宫廷与宦官

纵观世界历史，有学者指出，与中国历史和西亚历史相比，日本历史在某些方面与欧洲历史更为相似。此言不假，但为何会有如此结果呢？宦官问题乃为原因之一。

掌权者、贵族、富豪等有势力的人，使用一种身份为奴隶的，且非正常人的男人为仆的风俗，在东亚和西亚广泛流行。西亚有伊斯兰诸国，东亚则自中国至朝鲜半岛、印度尼西亚等国家都存在宦官。这为历史涂抹了一层不光彩的颜色。

在中国，使用宦官是皇室的特权，也因此其伴随皇帝政治传至清末。清末之时已是二十世纪初，自上古至此已有漫长的历史。正因为是皇帝的特权，所以无人敢非议，对其非人道性，流毒之深，也无人敢提出废止之论。

宦官所居之处，只皇宫一隅，但其所造成的祸害有如烟般随风飘散于全国各处。宦官即便身居宫中不外出时已是为害不浅，若是放松管理，甚至代天子之名而被派遣于四方时，则其祸好比由烟变雾，低垂笼罩，使地方百姓犹如窒息一般。

使用宦官的风俗，首先传向离中国最近的朝鲜半岛，而其没有跨过狭窄的对马海峡而传入日本真是不可思议。欧洲与亚洲土地相连，这个令人生厌的风俗并未在欧洲生根发芽，应该归功于基督教的传播。不管怎样，日本和欧洲可以在没有宦官的背景下演绎历史，这一点是相同的。说起来宦官在历史中是一个消极的要素，但其影响却极其深远，单看一下北宋历史便可知晓。

漫长的中国历史中，受宦官之害最深的有古代的东汉、中世的唐代和近世的明代，北宋可以说是受害最浅的。虽说如此，但深入研究一下便可知道，即便是在北宋，宦官依然根深叶大，在政治、经济、社会等各个领域内都有着恶劣的影响。特别是《水浒传》所描写的北宋末年则更甚。

《水浒传》第一回故事，发生于北宋哲宗时代，是以国都开封府的一个破落户开场。这位哲宗，是先皇神宗之子，后一代皇帝徽宗的哥哥。神宗是难得的明君，其任用王安石变法一事，在历史上非常有名，但他三十八岁便驾崩了，于是当时只有十岁的哲宗即位。当时在皇位继承上有过争执，神宗之母高太后尚存，她希望自己的儿子，即神宗之弟继承大统。大臣们则反对此举。而病笃的神宗也强立哲宗为太子。四日后，神宗亡，此时作为太子的哲宗便顺风顺水登基坐殿。

此刻的高氏已为太皇太后，她藏在孙子哲宗背后，成为实际掌权的人。高太后一开始就反对变法，于是她换掉了支持变法的大臣，把因反对变法而左迁的守旧派又从地方上招了回来，废弃新法，重拾旧法。宫中同样如此，她把侍奉神宗的宦官一个不剩地赶走，换上了自己的心腹宦官，安插在哲宗周围。政治上的党争，波及于大内。

察觉到太后心思的宦官们开始密谋。与外界隔绝的深宫大内里，如果突发什么事情也不容易知晓。哲宗生母朱太妃为使哲宗免遭意外，一刻不敢松懈，高度警惕着。神宗葬礼之时，她也以身体有疾为由拒绝参加，时刻守在哲宗身边。就连吃饭时，也要先尝是否有毒才让哲宗吃。简直如《先代萩》①这出戏一般。

十岁正是开始懂事的年龄，哲宗对其祖母高太后十分厌恶，对其行为感到愤恨，这恨又使得哲宗更加思念父亲神宗。哲宗一直使用着父亲留下的一张桌子，并且十分爱惜。他得知宦官将这张桌子换掉后十分生气，又换回了旧物。太后听闻此事，叹息一声，不禁对前途担心起来。此时宦官趁乱煽动，传出了废立天子的流言，百官似乎也有附和之意。

哲宗十二岁时，宫里新雇了一个乳母的风闻流传开来。若此事当真，则必是宫里有人怀孕了。可当时连皇后人选都未敲定，有这种事岂不是个麻烦。手握言路的谏官们立刻上奏弹劾。此事真伪无从知晓，但太后若是在意的话，这也应该是废立的一个好理由。但太后没这样做，她把这件事连同谏官的上奏一并弃置不理。

高太后摄政八年后去世了，哲宗十八岁，始亲政，政局再次一变。亲政伊始，哲宗便打发了高太后安排在他身边的宦官，其中一些人甚至被赐死，同时又把神宗在世时的宦官重新召回，留于身旁。把持政权的守旧派大臣被一一流放，沦落的变法派再次登场。

但哲宗体弱，亲政只七年便病亡，其时尚无子嗣。哲宗嫡母，即皇太后向氏，拥立哲宗之弟徽宗即位，自己监政，此时政局又为之一变。向太后可没有高太后高超的政治手腕，其所出政策多被身边宦官左右。被哲宗疏远的太监们找到了向太后这棵大树，慢慢在其庇护下聚集起来。向太后劝徽宗调和新旧两党，统一政见，推行不偏不倚的政策。翌年，改年号为建中靖国，即行中正之方针，保国家之稳定的意思。后又复起守旧派，用以削弱变法派的势力。

但是，刚刚改元的正月里，建议并推行此新政策的向太后病逝。

---

① 指传统歌舞伎《伽罗先代萩》，讲述的是武士伊达家发生权力内争，乳母政冈为了护少主鹤千代被迫牺牲爱子千松，最终手刃仇人八汐而复仇的故事。

史书上没有详细记载，但在如此关键时刻，如此重要的人物亡故，多少有些不可思议。当时坚持向太后政治方针的只有首席大臣曾布，而新旧两党党争激烈，宫里也不太平，依附两派势力的宦官们也势如水火。向太后死后，政治形势反而对变法派有利起来。

变法派里愈发得势的是蔡京，此人可以算得上是个激进分子。可对于蔡京来说，不只是对付守旧派，即便是变法派内部也有许多竞争者，要想保证最后的胜利，则必须借助宫内宦官的势力。而给予蔡京帮助最大的宦官是童贯。

《水浒传》中蔡京之名一开始便出现了，而童贯出场则在七十回后较多。当时称蔡京、高俅、童贯、杨戬为四奸，并被屡屡弹劾，其中童贯和杨戬是宦官，童贯作为大反派活跃于前，杨戬则不甚出场。

童贯、蔡京的结识

徽宗继位是在1100年前后，他秘派童贯去杭州搜寻书画古玩。童贯便是在此时碰到了政治上正值失意的蔡京。蔡京遭到守旧派大臣弹劾，被削去官职，贬居杭州，靠朝廷给的一点点抚恤金勉强度日。童贯奉命来寻宝，虽说他对古玩字画略知一二，但算不上精通，所以十分需要一位精于此道之人做顾问，恰巧蔡京便是此道中人。他精通书法，对古玩字画的鉴赏力也十分高超。加之蔡京无职无业，生活贫苦，童贯此来真可谓及时雨，于是他便星夜兼程来见童贯。谈话之中，蔡京把挑选古玩字画的技巧倾囊相授。时童贯四十七岁，蔡京长他七岁，五十四岁，两人都是正值壮年。这以后二十年间，左右宋王朝政治命脉的童贯蔡京一党，在此时悄然形成。

童贯带回的东西，无论哪一件都大慰圣意。童贯并未独自贪功，他把得蔡京之助的事情也告诉了徽宗，并向徽宗吹捧蔡京，言其实有大才，堪居大用，努力使皇上记住蔡京。除此之外，童贯自己也开始广结人缘，他把杭州搜集到的奇珍异宝、海外珍奇纷纷送给受宠的后宫和大臣。童贯、蔡京二人之名遂鹊起于宫内，徽宗也决定启用蔡京。于是蔡京被召到中央，重新担任大臣。

宦官勾结大臣在过去是被严厉禁止的。因为这可能招致无穷祸患。对这种政治原则的丧失和无视，不得不说是手握最高独裁权力的天子的责任。

向太后定下的调和新旧两党的折中政策实质上仅存在了一年。太后死后，继位的徽宗在两党愈演愈烈的斗争旋涡中不知所措。这不仅是因为他年轻，也因为他是一个没有主见，很容易受人言摆布的人，是一个不可被人所依靠，只能依靠他人的人。即便被人劝说下定了决心，再换旁人重又一劝，便立刻改了主意。徽宗这个摇摆不定的性格在《水浒传》中也有精彩描写。

百回本《水浒传》最终回里写道，徽宗因梦，疑心宋江死得蹊跷，便询问李师师，知道宋江是被毒死之真相后龙颜大怒。翌日朝上，面对百官，大骂高俅、杨戬"败国奸臣，坏寡人天下"。二人伏地请罪。一旁蔡京、童贯言道："人之生死，皆由注定。省院未有来文，不敢妄奏，其实不知。昨夜楚州才有申文到院，目今臣等正欲启奏圣上，正待取问此事。"天子遂被四奸蒙蔽，未有加罪。欲查送毒酒之人时，此人又在途中死亡，此事也不了了之。可见天子无可依靠，恐怕不止宋代，作者所在之明代，亦恐如此。

对这样的天子，臣子也极难侍奉。就算揣摩到圣意，一日之内其心已变。故为保全地位，必须结交宫内宦官以为援助。同样，宦官也需不断地从大臣们那里得到情报并提供方便，以改善自己的地位。此必要性，便给蔡童一党带来莫大利益。蔡京为进中央，不断排挤前任，终于连升三级，未经一年便升任首席大臣，这样便又轮到童贯受益了。童贯有一种宦官不常有的野心，便是想立军功，出人头地。其养父宦官李宪，曾在神宗时监督宋军在陕西与西夏作战，因而有些微功，便任了相当于地方军团长的安抚使。当时童贯三十岁，正值血气方刚之年，或许在李宪手下上前线打过几仗也未可知。童贯虽为宦官，却生得身强体健，颇为魁梧。根据史料记载，"童贯彪形燕颔，亦略有髭，瞻视炯炯，不类宦人"①。对自己体格颇有自信的童贯，恐怕想同李宪一般，征战沙场。如此一来，自己在宫中的地位亦可巩固不少。

蔡京任首席大臣后，立即交给童贯一个新任务，即出任监军，监督在青海北部一带对藏民的讨伐之战。他起初只是监军，后来变成了司令官，征服了今西宁一带，使七十万藏民归降。更有甚者，其后在征讨强敌西夏时又大破西夏，这位宦官武将的大名，甚至连辽国都知道。

童贯屡立战功，地位也青云直上，官至节度使，职务领枢密院事。领枢密院事，就意味着可以以大臣身份参加内阁会议。最初帮助童贯的蔡京对其不断攀升的地位也担心起来，于是开始加以抑制。蔡京不管怎么说也是一个传统的政治家，骨子里保留有中国传统观念，觉得给宦官过多名誉不甚妥帖。但为时已晚，对徽宗来说，童贯已是比蔡京还不可或缺的人物了。

在徽宗眼里，童贯可称大才。如此使着顺手的下人天下没有第二个了。搜罗古玩的差事办得漂亮，领兵出战又能立功而回。宫内筑山造园时，又让他负责了五分之一的工程，他做得又甚合皇帝心意。徽宗为表其功，特在宫外赐其一座大宅院。童贯遂与众妻妾及子女过着奢华的生活。虽说宦官有妻女无法想象，但当时有势力的宦官都在过着这种无法想象的生活。

---

① 宋·蔡絛《铁围山丛谈》卷三。

　　童贯能得宠，实有自己的秘诀，那就是，不论何时何地，在皇帝面前都要毕恭毕敬，不能忘了自己是一个宦官。朝内议政时，他是大臣的身份。休息时，他过着富豪的生活。但只要一进后宫，他便立即换回奴才身份，穿上窄袖衣服，忙前跑后为主子跑腿，其勤恳之态与刚当小太监那会儿没有丝毫变化。这副模样，令徽宗大为怜爱，便更毫不吝啬地加官晋爵，赐金赏银了。

　　但童贯绝不是得些封赏就能满足的人。他对天子卑躬屈膝，对自己有益无害。但对其他人，则是威逼利诱，恫吓要挟，无所不用其极。这样一来，手下的人则不得不行贿赂。出征时，除了接受部下贿赂外，他还频频吃军饷，拿回扣。对于统帅来说，没有比战争更赚钱的买卖了。大概二十年里，童贯四处敛财，其数之巨，难以计算。

　　然好景不长，童贯到了六十岁上，开始对自己的前景担心起来。原因是周围人际关系发生了变化。他与盟友蔡京的关系淡了。而且蔡京年老体衰，甚至出现了脑血栓的征兆，实在无法依赖。童贯也拉拢过蔡京之子蔡攸，然蔡攸不过是一个纨绔，与其父风度相差太远。宫中宦官之内，也出现了劲敌，此人便是梁师成。梁师成与童贯有姻亲关系，最初受童贯提拔得以入宫。他趁童贯长期出征在外，一步步巩固自己的地位，不知不觉已成了徽宗面前第一得宠的宦官。与童贯善武恰相反，梁师成善文，曾获进士及第。宦官举进士，实在是闻所未闻，他便以巧于文墨之姿供职于内。再加上其与徽宗年龄相仿，则关系更密，这也是强于童贯之处。于是梁师成与新发迹的大臣王黼联手，排挤掉了蔡京和童贯，独霸朝纲。

　　童贯也已步入晚年，若是满足于已有的功绩和财富，去过平稳的隐退生活，也不失为好的选择。然凡夫俗子的悲剧正在于欲壑难填。为了重新得宠，为了继续敛财，童贯决定投机一把，铤而走险。

恶报降临

徽宗继位的第十五个年头，嫡长子赵桓被立为太子，时年二十岁。赵桓涉世未深，尚持有年轻人特有的正义感。从姿容到气质，比起其父徽宗来，更像其伯父哲宗。赵桓对徽宗以及徽宗身边的大臣、宦官们的丑行深感厌恶。朝内尚有良知的大臣对这位青年太子寄予厚望，对东宫教习太子的师傅们也倍加鼓励，希望他们能认真教育这位青年人。

太子一天天地成长起来，竟然开始和徽宗讲话都不甚客气，这令徽宗对这儿子颇有些厌烦。太子有数位弟弟，其中有徽宗第三子郓王赵楷。赵楷之母王贵妃深得徽宗宠爱，因此徽宗渐渐把心思转移到了赵楷身上。这个心思很快被宦官们看了出来，于是赵楷被认为奇货可居，鼓动天子废立太子之声渐起。先察觉到徽宗心思的是梁师成，他便把此事说与了王黼。蔡攸、童贯等也不甘落后，闻风而动。各路人等纷纷开始拥立郓王。大家心知肚明，若此举成功，拥立者便为开朝功臣，这种大功所能得到的回报实在令人期盼。但事与愿违，他们谁也没有想到，他们正在自掘坟墓。

比起天子废立之事，征讨辽国之事更为紧迫。当时与北宋并立、雄踞北方的辽王朝，正值昏愦的天祚帝即位。辽国国力日衰，有目共睹。屋漏偏逢连夜雨，辽国腹地的女真族独立，建立金国，开始抗辽。且女真族斗志之盛，世所罕见。消息很快传开了。最先得到情报的是童贯，于是童贯开始酝酿征辽计划。

当时北宋和辽之间，因年贺、庆吊之事，来往不绝。童贯主动请缨，担任副使一职，前往辽国国都，探查辽国国情。回来的途中，他遇到了在辽国居住的汉人马植，并将其带回，留为参谋。随着对辽国内情的不断了解，童贯判断，伐辽并非难事。

但当时有人认为伐辽仍是一着险棋，极力反对与辽开战。最后，一个有趣的，能决定是否和辽开战的方案被采用，那就是看相。不占卜，不抓阄，派个人去辽国，看看天祚帝的面相如何，以此来决定是否开战。当时有一位画家，名叫陈尧臣，此人善相面，被举荐为使，前往辽国，拜谒天祚帝。陈尧臣见过天祚帝后，画了一幅他的肖像带了回来。于是，这幅画便成了天祚帝有亡国之相的证据。如此一来，伐辽已成定局。梁师成、王黼等人，为了不使童贯独居其功，也见风转舵，开始积极主张伐辽。

给天祚帝看相这种事，现在看来十分讽刺。为什么就没人看出来，自己国家的这位皇帝宋徽宗比谁都有亡国相。但这种事绝非历史学家杜撰，乃是当时的史官照实记录，后世史官依然照实编撰的事情。

若从山东半岛出发，从海路进兵辽东半岛，则费时费力。于是宋派遣使臣出使女真，与金国结成同盟，南北夹击辽国。宋还与金国签订了灭辽后长城以南领土归还宋朝，辽从宋得到的银、绢、岁币等皆归金国所有的密约。

正当北宋大军在都城开封集结之时，意外发生了，江南方腊叛乱。转眼间，数州响应。朝廷大惊，于是命童贯为司令，率领用以伐辽的军队南下平叛。生性胆小的徽宗，听说内地叛乱，顿时方寸大乱。大军开拔之际，徽宗悄悄送了童贯一程，并拉着童贯手，跟他说江南的事全拜托你了，必要时可以天子之名行事。

大军渡过长江，便到达前线。这时童贯才知道，百姓对政府的剥削，特别是徽宗搜罗珍宝等举措[1]已经忍无可忍。到了这种地步，童贯自身也有不可推卸的责任。于是，童贯以天子之名下了废除苛政之诏。这个诏书非常有名。它记述了天子意识到了自身的错误，表示要彻底反省，并进行自我批判。这种诏书古已有之，叫作"罪己诏"。

---

[1] 指花石纲事件。

此诏一出，地方百姓开始表示愿意配合朝廷。

对方腊的作战很顺利，百日左右便生擒方腊。童贯十分得意，向朝廷上奏。在这篇奏折里，他把自己吹得无以复加："孰谓廉颇之已老，尚堪李靖之一行。"[1]这里拿自己与战国时代赵国的名将廉颇和唐代大将李靖做比，说自己虽然年高，但还能建立功绩。最后他还写了"遂成稀世之功"[2]等语。不过是一些百姓造反，率十五万正规军平叛，有什么值得吹嘘的，真令明眼人嗤之以鼻。

凯旋的童贯及官兵们并未得到足够的休整。依照盟约起兵的金国大军，到达长城以北，攻克辽国都城，把天祚帝赶出了都城。宋朝这边如果一直袖手旁观，则相当于背盟。不得已，童贯再次受命，率领并未准备充分的北宋大军，向宋辽边界开拔。副司令便是蔡京之子蔡攸。但是，宋军虽然进入了辽国，却遭到了背水一战的辽军奋勇抵抗，宋军大败而归。

至此，宋不得不求援于金国。金兵进入辽国，不费吹灰之力，将辽兵一扫而光，随后按照盟约引兵而回。待金兵走后，童贯占领北京。他遂向朝廷上报，自己已大破辽军。消息传回，举朝欢庆。

但金兵认为，帮助童贯击败订军之举不在盟约规定之内，所以应该另行得到酬谢。童贯对金兵这一要求不知所措，更令他瞠目结舌的是，金兵索要之资数额巨大。宋朝事先没有料到这一层，因而没写到盟约里，这步棋实在太大意了。

留下守军，童贯率军而回。但等待他的却是受命致仕。原来王黼和宦官梁师成向皇上告密，说童贯征讨方腊时曾以天子之名下达的诏书里，将过全归于天子，自己则装起好人来，此乃不忠。

但是童贯致仕后，他的接任者比他还不如。生性易变的徽宗听到

---

[1]　宋·陈均《皇朝编年纲目备要》卷二十九。

[2]　同上。

前线不利的消息后，又觉得还是童贯可靠，于是免掉王黼，重新任命童贯为北面军总司令。但此时宋与金的外交已经开始恶化，更换统帅也于事无补了。客观来看，宋朝的行为多有失信之处，这才激怒了金国。

从战略上看，金国略高一筹。他们对宋朝屡屡背信隐忍不发，假装毫不在意，以使宋朝安心，而对其放松警惕。时机一到，则以迅雷不及掩耳之势举兵伐宋，士气本就不高的宋军根本无力与新崛起的女真精锐部队抗衡。身为统帅的童贯第一个准备开溜。他对部下说，你们要奋力守城，我跟天子还有要事商谈，先回一步。说完之后，便逃回京城。

回京之后，童贯发现京城比前线还乱。被金兵吓破胆的便是胆小怕事的徽宗，以及他身边那些平日里威风八面、不可一世的大臣和宦官头子。徽宗提出让太子留下镇守都城，处理后事，自己则欲去南方避祸。

危急时刻，还能力挽狂澜的是吴敏、李纲等尚有骨气的年轻大臣。他们上奏说，既然委任太子留守京城，不如干脆禅位于太子，这样我们这些留在京城的大臣才能齐心抗敌。

徽宗一刻也不想久留。被留下的太子也甚为不满，只是这种时候自己不好提及此事。徽宗匆匆忙忙禅了位，只带了蔡攸同行。若公开出走，必会被得知消息的金兵骑兵追击，所以徽宗决定悄悄离开京城。蔡京、王黼、高俅等随后便追随徽宗而去。童贯也率领他一手培养起来的精锐部队胜捷军三千人追随徽宗走了。徽宗一路南逃，过了长江，到了镇江，才松了口气。

被留下守城的新皇帝便是钦宗。太上皇及旧臣逃走后，他重用年轻的政治家吴敏、李纲等。新王朝倒有一副革命政府的新气象。他们一边防御金军，一边弹劾旧臣的失职，并要求钦宗下命处罚。这些被弹劾的旧臣，都是钦宗尚为太子之时，企图废太子的那些人。

宋朝割地赔款，与金国讲和，这才使得金国撤兵。钦宗回过手来便开始追究战争责任。形式与历朝无异。在任的流放，若遭处罚太轻的就弹劾，而流放近处的则流放到更远之处，再有就是死刑，斩立决。这其中有些甚至省掉了很多手续。

首当其冲的是王黼，接着便是梁师成，然后是蔡攸及其兄弟。因为蔡京已年高七十有八，故免死，被流放。到了被流放之处，蔡京也因病一命呜呼了。

童贯也在劫难逃。他先是被罢官，后被流放到湖南，后又被流放到海南岛，最后判了死刑。监察御史张澄奉命监斩。张澄沿路追来，在广东境内追上了童贯。张澄怕童贯畏罪自杀，自己无法交差，便略施小计，谎称自己是前来赦免童贯的。童贯大喜而出，遂被擒，即遭斩首。但据说童贯脖子硬如铁，连砍三刀，头不坠地。于是他们以门槛为斩首台，硬生生把头锯了下来。其首级被装入桶中，浇入水银以防止腐烂，藏在张澄的轿子下面，被带回京城。张澄得到消息说，童贯的亲兵打算半路夺取首级，故戒备森严，一路无事。抵京后，朝廷将童贯首级连同罪状，游街示众。

小说《水浒传》里描写的童贯也是十恶不赦，最终遭到报应，一命归西。就童贯本身之事来讲，历史似乎比小说更生动。

独裁体制的延续

在金国暂时退兵，到进行第二次有决定意义的对宋作战这段时间里，宋朝首都开封进入一段短暂的和平。这期间，朝廷对战争责任者逐一处罚，徽宗也被迫回到开封。徽宗身边的大臣们曾劝他留在江南，建立独立政府，进行复辟。料想出此建议的主谋很可能是童贯。但客观上这是行不通的。江南一带作为战场，与方腊的战事刚结束不久，再加上童贯率领的官兵对此地的蹂躏，早已是万业凋敝，民不聊生。况且，此地百姓对徽宗十分不满。徽宗本就胆小，绝没有胆量下这样的决定。钦宗派李纲来接其回开封，他便毫不犹豫地回去了。看着身边亲信一个个或被逐或被杀，徽宗满不在乎，无动于衷。

十月十六日，是徽宗生日。钦宗来徽宗居处拜望久别的父亲，为太上皇祝寿。徽宗大喜，设宴款待钦宗，并亲自给钦宗敬酒。钦宗接过杯正欲饮时，突然被旁边大臣踩了一脚。钦宗恍然大悟，放下酒杯，转身便回去了。原来他怀疑酒里被下了毒。被怀疑的徽宗，心里无限悲凉，放声大哭。

这就是专制制度所酝酿的悲剧。天子拥有最高权力，决不允许出现第二个争权之人。即便是父子，亦是如此。宋朝第二位君主宋太宗听说皇太子深得民心，出巡时甚至被呼万岁，十分不悦道："人心遽属太子，欲置我何地。"[1] 在中国，万岁只能专用于皇上。在专制体制下，太子的存在，更容易引起纠纷。因为天子与太子，身边都有心腹之人，为了讨好主子，两方关系很容易恶化。这身边之人，第一便是太监，其次是大臣。宋太宗这件事，很有可能就是事情在太监嘴里被夸大、歪曲，然后传到太宗耳朵里的。

徽宗也一样。钦宗被立为太子时，父子二人便开始生出嫌隙。两人的手下也是捕风捉影，搬弄是非。这些人里，有将身家性命押在太子这边的，也有挑拨离间，以图废立而从中渔利者。

一旦徽宗禅位，便从掌权者变成了争权者。天子则时刻警惕着太上皇复辟。宦官所居住的皇宫里，何时何事会发生，谁也说不准。关于宦官的生存状态，三田村泰助博士的《宦官》一书里有详细论述。

清朝的明君康熙皇帝，也曾对太子的行径烦恼不已。至雍正帝，

---

① 《宋史》卷二百八十一。

太子制度被废除，改以遵遗诏继位。

　　只要专制一天不死，则皇太子的存在贻害无穷。这个规律，看来一丝不差。

第五章　奸臣蔡京

独裁君主和宰相

　　蔡京之名在《水浒传》中出现较早，且为"四奸"之首。史学中对蔡京的评价基本一致，认为蔡京实为覆灭北宋之第一责任者，与南宋贾似道恰如一对。如果要搞清楚蔡京的存在到底对北宋有怎样的影响，则必须搞清楚宰相是怎么回事。同为宰相，宋则与汉唐大不相同。

　　有一则逸事：一日，汉丞相丙吉在街市上走着，恰碰到群斗，有人当场横尸街头，丙吉仿佛没看到似的，什么都没说就走开了。这时，他又看到有一人牵牛而过，便上前问道："此牛喘气吐舌，有痛苦状，赶了几里路了？"侍从里有心细的人问丙吉，为什么不在意人却在意牛，丙吉的回答很有意思："打架杀人的事是长安令、京兆尹这些官员管的。如今正值初春，尚未大热，牛却苦喘不息，这是阳气过重，四时不调之兆。调和阴阳，才是我这样的宰相应当做的。"[1]

　　这种思想一直流传至唐。唐代中央政府最高职位，即三公，便是以"调理阴阳"为职，指的是调节时令。所以，直到唐代，职位最高者，不是被委以人事，而是被委以天职。

---

[1]　事见《汉书》卷七十四。

　　宋之后则不同了。比如宋太祖时期的宰相赵普，在太祖尚未称帝时只是一个文书，当时被叫作书记。但他做了宰相之后，仍被叫作"赵书记"。其实对于太祖来说，大臣不过就是些写文书的人。自己则是天子，那就要有天子的威仪。起初他和大臣相谈时还是一同坐着，现在则命去掉椅子，令大臣站着回话。天子已经变成独裁者了，但宰相还是原来的书记。当书记，则需学问好，能下笔成文。像赵普这样学问一般的实干家已经不吃香了。太祖也认识到，宰相必须用读书人。所以太祖之后，宋代的宰相几乎都是科举出身者。

　　若宰相不过是皇帝身边的一名书记，则应该没有什么实权，这正是天子所愿。但事与愿违，在宰相身上，很容易自然生出实权来。原因是，宋代的宰相要参与官吏的任免。

　　在宋代掌管人事的是吏部。吏部所管的都是一些按资排辈的机械性的任命，被称作"常调"。而地方大员，朝内要职的任命，被称为"堂除"。堂，指政事堂，宰相议事之地。大臣聚集于此，与皇帝共同议定人选。此时若皇帝不怎么管，则任免权便掌握在大臣手里了。因此宋代的大臣们权欲开始膨胀。

　　宋以前，六朝至唐，中国实行的是贵族政治，重视门第出身。一个官员，初任何职，晋升多快，显赫与否，全看门第。这种制度根深蒂固，选官会受到门第出身的制约，所以难得人才。故因循守旧，暗无生气。

　　宋代摒弃了贵族政治，选才不问出身，全看能力大小。但能力一词很难讲清。什么叫能力？科举成绩优异，固然被认为是个人能力的体现。地方官的政绩，作诗造文，熟识法律，善读书，能思考，有口才，这些全都是能力。但该依据什么去评价有没有这些能力呢？客观的评价标准是难以确立的。所以最后只能是掌人事的大臣们说了算。倘若这个大臣倍受天子信赖，天子将所有决定权都授予了他，那天子独裁就变成了临时的大臣独裁了。只是，两者之间虽然有很多相同之处，但却也有很多不同。

蔡京（1047—1126），福建人。王安石变法刚刚开始之年，他进士及第，时二十三岁。其弟蔡卞为王安石之婿，所以蔡京本人有着浓厚的变法派色彩。但好景不长，守旧派东山再起，蔡京接连被贬，辗转各地，只做得一个地方小官。虽然失意，但蔡京却长于机巧钻营。哲宗亲政，恢复新法。蔡京重被召回京，做翰林学士。蔡京在任上，展现出了才华。就在离大臣之位只有一步之遥时，孰料哲宗去世，徽宗继位。徽宗依向太后之意，调和新旧两党，即建中靖国政治。但实际上守旧派势力更甚。蔡京又被赶出了中央，出任地方了。这段时间里，他遇见了童贯，并结成党羽，约定宫内宫外互为援助。依太后旨意，首席大臣选定了守旧派的曾布。曾布本来是王安石一党，故人言其变节。蔡京很有远见，知道要除掉曾布，就要坚持支持新法。施行向太后的调和政治仅一年，向太后便去世了。徽宗亲政，曾布地位开始动摇。文武百官又开始各持己见，无法统一。此时有人建议徽宗，需要有一个立场坚定者主持局面方可获得百官信赖。徽宗从其意，以继承父兄遗志之名义，决意调蔡京回朝，启用他为大臣。曾布被以奸臣之名流放。早已亡故的守旧派大臣司马光等人也以奸党之名被登记造册，子孙不得为官。

蔡京的时代来到了。与贾似道手握大权，从未间断不同，蔡京数次被罢，又数次复起。蔡京十分精明，即便快要被罢免之际，也绝不铤而走险。就算被诸如"彗星出现乃善政不举，大臣之责"这样的理由弹劾，也绝不辩驳。他知道见势不妙，及早抽身，则容易再起。当辞别天子时，他还会声泪俱下，主动承认是自己的过错，请求皇上的原谅，以此博得皇帝同情。如这种时候，巧舌如簧地为自己辩驳，则无异于自掘坟墓。如此一来，天子反倒会觉得对不住他，如果朝中遇到难事，则一定会把他重新召回。这样一来，天子便会觉得还是蔡京最有能力。当然，这种能力，不意味着能使政治走上正轨。

宰相的牢笼之术

南宋大儒朱熹对宋代政治评述说，近代宰相只知用牢笼之术。[1]

所谓牢笼，即笼络之意。是说身为宰相，不思安邦之策，只把保全地位放在第一位，拉帮结派，培植党羽。有一个与此相对的词，叫钻营，指通过对上巴结谄媚以谋求官职。虽说宋代用人，以能力为本，但只靠能力不足以出人头地。在自由竞争的时代里，策略、阴谋是不可或缺的。宰相者，大多是先以钻营晋升，升至宰相后，再靠牢笼之术维持地位，这点被朱熹说穿了。

蔡京尤其是这样。他首先考虑的是如何取悦于徽宗。徽宗是一个感情细腻的文人天子，从徽宗兴趣方面入手去讨好则最有效。这点上，蔡京一开始就很有优势。他很早便是进士及第，应该是很有才华的。另外，他写得一手好字，在当时就得到公认的。《水浒传》里也提到过，论书法，他与苏轼、黄庭坚、米芾并称为宋朝的"四绝"。也有人说，因后人憎恶蔡京，故用同姓书法家蔡襄替掉了他。

蔡京利用宦官童贯接近徽宗，专在徽宗玩乐上下功夫。若只是从日常饮食到书画、玉器、古铜器等，也就罢了，但后来竟发展到追求建筑、造亭、筑山等开销无算的兴趣上了。

记载徽宗奢靡生活的史料极多。比如他一顿饭的菜品就多达百种。把现今日本百货商店里出售的所有菜品加在一起，也没有一百种。当然这么多饭菜，徽宗不可能都吃得下，估计最多只夹一筷子就完事了。剩下的应该也不会全扔掉，一定还有其他用处。但做百道菜品所需的食材也好，时间也好，一定是极大的浪费。

玩玉在中国自古就有。这种爱好在宫内，以徽宗为首，十分流行。后来金兵破城，把宫内珍玩尽数掠走。其中有一只极为精巧的玉

---

① 朱熹《与周丞相札子》："阿谀顺指以为固位之术，牢笼媚嫉以为植党之计。"

杯。据太监的证言说，这只玉杯，杯身刻盘龙纹饰，而光雕刻所需人工费一项，就有数千贯。当时一文钱的重量相当于现在日本的十日圆硬币的重量。一千贯钱有一百万枚[1]，数千贯则更多。粗略一算，相当于千万数量的十日圆硬币。史料中没说是否用这样的酒杯喝酒，酒味会更香醇。恐怕这东西不是为喝酒用的吧。比起实用，把它当成一件饰物则更有价值。

徽宗最后一次大把花钱是修建艮岳[2]。因其修建于宫中东北、丑寅方位上，故名艮岳。后改名寿岳。此宫苑本身就是一件艺术品。蜿蜒曲折的小径通向山顶，其间有石阶，有瀑布，有湖水，亦有平地。满山奇花异草，处处亭台楼榭。最令人称绝的是从苏州运来的太湖石。于太湖之畔，久受湖水侵蚀，脆弱者早已剥落，被凿出一个个的奇形怪状的石孔来，极令人赏心悦目。徽宗以天子万人之上的权力，命令运来高达十多米的太湖石数块，装饰山顶。

负责从江南运送此太湖石及其他花木之人是被蔡京所举荐的朱勔。此人是一个为达目的不择手段，且十分暴戾的人，但能力却很强。为了在运输中石头不会受损，他将石孔及凹陷处拿胶填堵，并用黏土覆盖于石头表面，待其风干后，便会形成类似于岩石的硬物。然后将其置于船上，由运河运往都城。外边的黏土一经水泡，便会化开，太湖石便会露出原来形状。要运送这样的巨物，极费劳力。有人上奏徽宗表示反对，徽宗遂问蔡京意见，蔡京毫不在意，说拿一些毫无用处的石头绝不会给百姓带来麻烦。艰难之地的百姓对朱勔运石一事恨之入骨，方腊的叛乱，也是此事的恶果之一。所以方腊军一旦捕获官吏，便会用极端的方式处死。

蔡京还鼓吹"丰亨豫大"来迷惑天子。丰和豫都是《易》的卦

---

[1]　宋代钱币一枚为一钱，千钱为一贯。

[2]　宋代的著名宫苑。

名。他说天子之德极为广厚，如今正是开运之时，万事皆可以积极快速地放手去做。一句话，蔡京操纵天子之术，就是先是利用宦官，把控住宫内，再靠吹捧糊弄迷惑天子。

蔡京在操纵百官上也是手段颇多。比如他有一次去视察太学，进入食堂后，故意拿起一个包子尝了尝。太学的教师们对蔡京如此关心教育之举深为感动。记载这条史料的目的，据记述者说，是为了批判太学教师的昏庸不明，借以警示朝廷要关心文化振兴。

有人去蔡京家里拜访他，他则会命佣人焚香。但迟迟却不见佣人把香炉拿进来。客人正纳闷的时候，隔壁一间屋子的房门突然被打开，香烟飘进来。蔡京得意地说，熏香须这样使用，方可避免闻到香刚被点燃时所产生的一股焦煳之气。客人十分惊讶，回去之后，衣服上残留的浓郁的香气数日不散。此举虽然是装腔作势，但人就是这样，很愚昧。遇到别人做出常人不为之举的时候，不会觉得这种人不正常，反而会对其钦佩不已。

蔡京对吴伯举的才能很是赏识，把他从地方调到中央担任中书舍人。不料吴伯举为官正派，对蔡京的几次人事调动以无先例为由表示反对。蔡京大怒，遂将其逐出朝廷，并不满地说，既做大官，又要做好人，两者岂可兼得。

尽管蔡京对官吏的手段很强硬，但北宋年间，习惯了言论自由的读书人并不会什么事都听他的。于是蔡京想出了最后一招强硬的控制言论的手段，即将天子的命令以"御笔"的形式，可不与内阁相商，直接下达，如若违反，则与抗旨同罪。此乱政之举，后果不堪设想。蔡京为一己私意，和天子商谈后拿到的"御笔"，有可能会被认为是天子的决定。更为可怕的是宦官有可能会伪造"御笔"，混进其他"御笔"中转交给内阁。

自宋至清所实行的独裁政治理念，和这种脱离常轨的专制政治是完全不同的。真正的独裁政治，是将大臣的提案经过反复斟酌，最终经天子裁决认可后开始生效。若大臣意见不统一，则由天子进行选择。总之，天子只有最后决断的权力。而若天子肆意妄为，不受节制，则是古代专制君主的复活，并非近世的独裁政治。造成这个局面是蔡京的责任。大臣手握大权，为所欲为，则时势最终一定会走向末路。而蔡京之后，天子身边的宦官，则比蔡京有过之而无不及。

奸臣与佞臣

蔡京自徽宗崇宁元年（1102）升任首席大臣后，成了朝政的实际掌控者，自此开始为所欲为。这期间里，他曾两次被贬出朝廷，但并未受到实质性打击，只是因为受到非议而左迁罢了。很快，他便似不倒翁一般重新得势，得势后便剪除反对者，使自己的地位较之以前更加巩固了。

蔡京霸控朝政长达二十年，弊害不断增加，加之自身也年老气衰，国家已显现出穷途末路的征兆来。

第一是财政拮据。徽宗奢侈的生活越来越甚，已使得宫中日常经费入不敷出，更增加了国家财政所受的压力。奢侈之风不只在宫内，宦官、大臣等也竞相模仿，互相攀比。最后这些费用还得地方百姓承担。但即使如此，也无法满足这些人的穷奢极欲。

当时，地方大员除了向朝廷上缴正常的赋税、附加税、专卖收入等，还需要给自天子至得宠的宦官、后宫、大臣等人送礼。蔡京生活奢靡之极，仅靠俸禄怎么够。他也被人指责过，说不是他的职位该拿的薪水他也拿，冒领两份工资。但他的生活不是两份工资、三份工资能维持的。这主要是靠其党羽所行的贿赂，说好听点叫"礼物"，来维持的。

《水浒传》在全书很靠前的位置就描写了蔡京的女婿梁中书，向蔡京送去价值十万贯的生辰纲，半路被晁盖等英雄所劫。纲，最早是船队的意思。运河之上，数艘船编为一队，同进同退。梁中书的十万贯钱，分成十一担，用扁担挑着走。这里用"纲"一字，多少有些奇怪。但朱勔为徽宗运送花木奇石时所编船队即名"花石纲"。可能因为这件事情太有名，所以挑夫们也把挑运一行叫作"纲"。

总之，地方要上贡，就得盘剥百姓。但不管怎么盘剥，总是有限的。蔡京一贯的做法是，时不时地更改一下茶盐专卖之法，每改一次都可以多从地方上搜刮一点。但如此反复十余年，搜无可搜，刮无可刮。最后，连他自己都无可奈何道，"臣鼠技已穷"[①]。他把自己比作鼠，还是蛮有意思的。若是鼠的话，也不过是只小白鼠。而他的财政政策走向末路时，一个人出现了。此人向天子进言，并获得了信任。他提出了比蔡京的政策更为严酷的剥削政策。

从年龄上讲蔡京已经有一天没一天了。七十岁一过，没几年的光景便昏愦了。小他七岁的童贯放弃了他，转而拉拢其子蔡攸。蔡攸小其父蔡京三十岁，正值壮年，正盘算着如何神不知鬼不觉地夺取其父的权力，在官场中稳固地位。但蔡京并没有意识到自己已年老体衰，依旧自以为是。父子间的权力争斗即将开始。

蔡京七十岁时，是徽宗继位的第十六个年头。在以前，为官者七十岁的话，应该急流勇退。如果舍不下地位功名而不辞官的话，会被人以尸位素餐等说辞来弹劾。年龄上蔡京与徽宗仿若父子，是有一定代沟的。徽宗曾去蔡京府上探望他，对其八子、十六孙、四曾孙尽皆加官赐爵，实际上是在暗示他，希望他能辞官归隐。但蔡京毫无表示。可见其对权力的欲望随年龄增高而愈加增长了。

---

① 见《续资治通鉴长编拾补》卷三十五引《九朝编年备要》："臣鼠技已穷，无以上助。"

　　蔡攸在天子赏赐的一座宅院里单独居住。他每次去探望蔡京时都会拉着蔡京的手，号号脉，问一句，脉搏有些异常，是否身体有异之类的话。蔡京回答道无事。蔡攸说有病不能硬拖。说完就回去了。后来，蔡京对来客说，这小子想让我赶紧退下来。果然不久之后，蔡攸陪童贯来到蔡京府上，逼迫蔡京写了辞呈。时年蔡京七十四岁。

　　童贯和蔡攸想让蔡京赶紧退下来是有原因的。因为这时候，他们的对手出现了，实在大意不得。蔡京官声很差，很有可能陷入被动。这两个对手，便是宦官梁师成和大臣王黼。

　　这位王黼，流毒不浅，绝不次于蔡京。北宋灭亡，这责任恐怕得他和蔡京同担。在以中国主流史观编成的《宋史》里，蔡京毫无争议地被编入《奸臣传》里。生前大骂司马光等是奸臣的蔡京，反倒在死后被看作奸臣，实在是种讽刺。跟他不相上下的王黼则被编入《佞臣传》里。这奸臣和佞臣究竟有何区别呢？

　　《佞幸传》之名最早见于《史记》，是记录服侍天子的男宠的传记。后来正史里，把天子身边侍天子的阿谀谄媚、仗势欺人之人叫作"佞幸"，也写作"佞悻"。而奸臣，习惯上是指强硬的掌权者，两者有所不同。

　　徽宗年轻的时候，性格很软弱，在政治上依赖着强硬且有魄力的蔡京。但做皇帝十几年后，权力意识觉醒，开始以自己的喜好选人用人。这时候，他相中了王黼。

　　王黼，进士出身，起初靠讨好蔡京而发迹，后又依附蔡京的死对头宦官梁师成而升为大臣。但最终能取悦于徽宗，还是靠着他那一身佞臣之气。王黼天生皮肤白皙，不施脂粉便胜似妇人，风姿绰约，娇声软语，如同女性。金发，金髭，甚至瞳孔都是金色的。当时人们认为他是先天有此一劫，故得此相，还呼之为人妖。但徽宗却十分喜欢。

　　当蔡攸和童贯正盘算着联合金国夹击辽国时，王黼怕他二人功劳独占，便急忙以首倡者的姿态推行这个计划。正当童贯收复了北京附近的数个州县时，他立刻罢免了童贯，而代之以自己的心腹。不料，虽然童贯才略不济，但王黼所派之人比童贯还要无能，致使前线形势更加恶化。天子也意识到王黼、梁师成二人狼狈为奸，独霸朝纲，遂突然罢免二人，重新启用童贯为前线总指挥，并再次启用年老的蔡京为首席大臣。已维持了十余年的蔡童同盟似乎就要复活了。

但蔡京这时已经七十八岁，早就力不能支。他十分宠爱小儿子蔡絛，让其代自己处理政事。这引起了长子蔡攸的不满，于是兄弟二人大动干戈。蔡攸甚至要扬言杀掉蔡絛。蔡京虽子孙满堂，但一点儿都不幸福。意识到蔡京已老不可用的徽宗，不到半年便罢免了蔡京。就在此时，童贯受命来见蔡京，劝他放弃手里权力，主动辞官。还命人代笔，以蔡京之名写了辞呈，三次奏请天子，终于使天子下诏。这也算保全了蔡京的面子。

紧接着，金兵入侵。徽宗禅位，逃出开封。蔡京全家随行。留在开封的钦宗，命吴敏、李纲主持政务。此二人最先是受到蔡京的关照才被提拔上来的。但在国家危急的时刻，如果不理会舆论，人们是不会停止对战争责任人的追究的。况且就连钦宗也对徽宗的政治方针十分不满。

与金兵议和后，时局进入一段时间的平稳期。钦宗开始剪除徽宗身边的旧臣。首先被拿来开刀的是王黼和梁师成。紧接着童贯、蔡京也受到处罚，他们被软禁于家里，禁止外出。

逃往南方的太上皇徽宗，也被召回。钦宗命李纲前去接徽宗回京。徽宗看着李纲，又想想身边亲信一个个被剪除，越想越生气，于是对李纲吐诉不满之情。李纲不是能看透大局的贤者，但却有能把话说到点子上的口才。他一声不吭听完徽宗的牢骚，遂说道："皇帝仁孝，惟恐有一不当太上皇帝意者，每得诘问之诏，辄忧惧不食。臣窃譬之，家长出而强寇至，子弟之任家事者，不得不从宜措置。长者但当以其能保田园大计而慰劳之，苟诛及细故，则为子弟者，何所逃其责哉？皇帝传位之初，陛下巡幸，适当大敌入攻，为宗社计，庶事不得不小有更革。陛上回銮，臣谓宜有以大慰安皇帝之心，勿问细故可也。"①

徽宗身边的亲信可能请求过徽宗，希望徽宗能向皇上要一句不再追究责任的承诺。但生性懦弱的徽宗听完李纲这番话后，也没好张嘴求情，只能垂头丧气地跟着回去了。

召回太上皇的钦宗，再无所顾忌。他听从大臣们的建议，对徽宗身边的亲信毫不留情地进行处罚。蔡京一家最先被命流放湖北。后蔡京、蔡攸又被分别流放。蔡京被命去湖南，走到潭州时病死，年八十岁。蔡攸则是被流放到广西，后又命其去海南岛，后被处死。其弟蔡絛同样被钦宗下令处死，因为蔡絛被怀疑曾劝徽宗复辟。

连同蔡攸、蔡絛兄弟在内的徽宗身边的旧臣几乎全被处死。元凶蔡京病故，免除了被杀死的命运。这么一看，还是数蔡京最幸运。也有种说法是，钦宗做太子时，徽宗身边的大臣们全都劝徽宗废掉钦宗，只有蔡京反对废立太子。钦宗太子的地位因此保全。所以钦宗不忍心杀死蔡京。但真相恐怕还是因先病死才被免刑的。因为朝廷为了确认蔡京是否真的死了，还命人将其首级送来查验。

处罚徽宗身边亲信一事告一段落。金军再次南下，包围都城。这次徽宗逃不掉了，都城被陷，父子二人被俘，后被带回金国。徽宗在不需要逃的时候逃走了，需要逃的时候却逃不掉，真是造化弄人。

---

① 《宋史》卷一百一十七。

妖魔蔡京

有句谚语叫"寿则多辱"①，用在蔡京身上再合适不过。若能早一年辞世，下场也不至于如此凄惨。当时世人言，蔡京所为，引起天怒，上天为了不令其善终，使他多活了几年。

但有一些说法为蔡京辩护。说他虽是奸臣，但尚未堕落到佞臣的地步。徽宗晚年，专好男宠，他的儿子蔡攸等人，早就随波逐流，迎合徽宗，为了和王黼等人竞争，一起参与了宫中秘戏。他们聚会时，混在宫女中，化装成戏子的样子，还扮演小丑。这种事蔡京可做不来。对于徽宗、王黼及蔡攸等年方三十左右的年轻人而言，蔡京令人难以亲近。不管怎么说，蔡京是在严酷的党争里挺过来的斗士。他绝不可能跟这群不知世事艰辛，在蜜罐中长大的嬉皮士一同嬉戏。这点上，蔡京是有可取之处的。

王黼、梁师成，甚至老谋深算的童贯，为了迎合圣意，都密谋废立太子。只有蔡京反对，坚决保护太子。这件事如果是事实，则蔡京立了大功。

蔡攸、童贯密谋联合金国夹击辽国时，蔡京看到了其后隐藏的危险，劝说二人此事切不可为。他因深为担忧，还作了一首七律寄给了前线的蔡攸：

> 老懒身心不自由，封书寄与泪横流。
> 百年信誓当深念，三伏征途曷少休。
> 日送旌旗如昨梦，心存关塞起新愁。
> 缁衣堂下清风满，早早归来醉一瓯。

---

① 语出《庄子·天地》。

此诗在当时流传很广，甚至连徽宗都听说了。徽宗提出想看看这首诗的原稿，因为诗在口口相传间可能会与原作有出入。蔡京誊写了一遍送给徽宗。徽宗看罢说"三伏征途"改为"六月王师"更好。书有多种读法，诗读法则更多。徽宗的读法甚是无聊。作为天子，首先应该读出诗中蔡京所流露出的担忧之意来，而不是抠着一字一句改来改去。况且"三伏征途"改为"六月王师"，能比原诗好多少呢。

最后将蔡氏一族推向绝境，落井下石的正是以前对蔡氏阿谀谄媚、巴结讨好之辈。就连在北宋即将灭亡之际，尚能刚直不阿，昂首而立的李纲，也免不了对蔡京诽谤几句。所以，应该考虑到，后世对蔡京评价如此之差，跟这些落井下石之辈添油加醋的宣扬也是有一定关系的。

即便如此，蔡京是使北宋灭亡的罪魁祸首这一事实，也是无法否认的。他想做的事情，便为所欲为，毫无约束。这种政治风气是他开的头。后来的人比他更加肆无忌惮，以至于形势发展到无法挽回的地步。蔡京开此先例，他落到那般田地，纯粹咎由自取。

百回本《水浒传》的第一回，在七十回本中是楔子。楔子为元曲术语，序曲之意。第一回跟故事情节的发展关系不大，更像是一种介绍背景的开场白，即便是不写进回目中也无伤大雅。此回目的后半句是"洪太尉误走妖魔"，说的是太尉洪信被朝廷派往龙虎山，请张天师作法驱除瘟疫一事。洪信到龙虎山时，恰逢张天师下山去了。他在山上散步时，无意中走到了伏魔殿前。他听说此殿自唐以来，镇压着被称为三十六天罡星和七十二地煞星的恶魔。洪太尉觉得这种传闻一定是道士们为了吓唬百姓而编的故事，便仗着自己是官家，命令道士们打开殿门。殿内有一石碑，他命推倒石碑，向下挖掘。这时突然喷出一团黑烟，冲破屋顶，四散于人间，变成了宋江等一百零八人。

这个传说还有一个更老的版本，而且恶魔不是宋江等人，而是蔡京。据说当时有个道士叫作徐神翁，能预测未来。蔡京见到徐神翁时说现在天下太平，正值盛世。徐神翁听罢说道："非也，如今有许多恶魔祸乱人间。"蔡京问怎么能看出来谁是恶魔。徐神翁说："您就是其中之一。"①蔡京就是乱北宋之政的恶魔。如此怒骂蔡京的言语，当着他面说出来真是痛快。

---

① 事见清王士祺《香祖笔记》。

第六章　鲁智深和林冲

下级军官的世界

《水浒传》来源于民间文学，这种文学形式萌芽于宋代，继承元曲、话本等文学形式，至明后期，则以长篇小说的形式出现。整体上看，这部小说前边的部分，保存了许多很早就流传下来的故事，而后半部分则作者本人的创作较多。无论是从文学鉴赏的角度看，还是从故事的精彩程度看，都是前面的部分更好些。而后边一部分，无论是故事内容还是文字表现，都略显无趣。这恐怕是因为作者能力有限，虽然谋篇布局还算精巧，但创造力不够。

水浒故事的创作蓝本是戏曲和话本，这种艺术形式主要流传于民间，且故事的主人公多为下级军官、胥吏、农民和黑市商贩等百姓身边的人物。《水浒传》一开始，便出现了很多下级军官的身影，如王进、鲁智深、林冲、杨志。令人意外的是，许多宋代的官职名称也随同故事一起流传下来。当然，书中对这些官名的用法未必正确，但如果在对宋代兵制有些了解的基础上再去读的话，则一定会更加觉得这些故事栩栩如生。

宋代兵制最大的特征就是有禁军和厢军之分。禁军是指天子身边的近卫军。这种军队大半都驻扎在都城附近，另外一半驻扎在地方上的险关要所。禁军都是经过严格训练的作战部队。

京城的禁军分为三司：殿前司、侍卫马军司、侍卫步军司。三司直属于天子。三司长官专名为都指挥使，一般被称为太尉。太尉和旧日本陆军所称的"太尉"不同，是武官的最高职位，相当于元帅。《水浒传》中"四奸"里最招人憎恨的高俅就是都指挥使，因此被称为高太尉，这点与史实相同。

和禁军相对的厢军，隶属于地方州、府。虽被称为军，但其实并未接受过正规军事训练，不是作战部队，主要是服劳役的劳力。大概五百人一营，每营设指挥使，隶属于知州或知府。《水浒传》中所说的管营即指此职。如果是人数很少的小营，则此管营是指比指挥使级别低的都头、副都头。

宋代地方兵制的特点是，大城市的长官，即知州或知府，在管理其辖区百姓的同时，也统领驻扎在当地的禁军和所属的厢军。此时，其作为禁军统领的职位被称为都总管、都部署，或者是经略使、安抚使。《水浒传》中出现的老种经略相公即是如此。这位老爷既是经略使、种阁下，也是延安知府。上马掌兵，下马管民，这是其职责。

禁军依据不同出身，或是不同任务、兵种等亦被分为不同的班，每班有一个特殊的名字。比如，归名渤海班，即是投降宋朝的渤海人组成的。再如，龙猛班，是地方上降服的强盗被送到京师而编成的禁军。叫"强盗班"甚为不雅，故美其名曰"龙猛"。金枪班，是擅长枪术的骑兵组成的，《水浒传》中的金枪手徐宁，就是这个班的武术教官。

作为指挥屯驻于地方的禁军司令官——经略使，其下设有都监一职。都监隶属于州、府，也被称作兵马都监。其官位则不尽相同，一般为正八品或从八品。与地方最高职官知州的次官——通判同级。北宋时，如发生战争，都监则作为指挥官率领一部分禁军出战。但到了南宋，都监已成冗官，并无实际职务，只是检阅军队时露一面罢了。青面兽杨志和供职于大名府的急先锋索超比武时，在一旁做裁判的李成和闻达便是兵马都监，所以有他二人评判比武，因这正是其职责所在。各州依大小不同，其下设兵马都监也有一人或数人。较大的州称府①，所以一般会设置两人以上的都监。正如记载南宋时期的地方志中所说，现在一州兵马都监多达六七人②。描写武松的章节里出现的孟州兵马都监张蒙，是个以权谋私，要挟索贿的无赖。

厢军制度为宋代特有。除特殊地区的厢军接受军事训练以备战之外，其余大部分地区的厢军仅为提供劳动力而设。每州有数营到数十营不等。除用于本地土木工程及杂役之外，有时也被派往外地做工。《水浒传》中大名府的梁中书，将价值十万贯的珍宝作为岳父蔡京的生日礼物，派人押送入京。其所派之人，即是由厢军和一些禁军混编而成的一队"厢禁军"。

厢军之内比较特殊的是牢城营。此营专接收被流放的罪犯。与此营相对，一般的营被称作本城营，以区别二者之不同。罪轻者被发配至本城营，杀人抢劫的重罪犯被发配至牢城营。此营之犯人专用来服重劳役。重罪犯从被捕到审判，全由刑部管理，一旦被发配至牢城营，则转由兵部管理。《宋史》中兵志部分也有对牢城营的相关记载。

在宋代，有一种只保留前代武官名以定其官品，但并无实际职务的官，称阶官。前文提到的都监张蒙，有一个亲戚被称作张团练，团练即团练使，此职为从五品阶官。柴进的叔叔柴皇城的皇城使一职为正七品阶官。而奉命缉捕晁盖等人的何涛，为观察一职。此人的观察一职颇为难解。如果真的是观察使的话，则应该是正五品阶官，此职位的官员是不会被派去缉拿盗匪的。在宋代，"观察"一词，还有老

---

① 宋代地方行政制度有道、州、县三级，与州同级的有府、军、监等。府在行政级别上与州相同，但实际地位略高于州。

② 《宋会要辑稿》卷四十九："祖宗朝，兵马都监监押大州不过三员，小州止一员，今一州之中至有六七人，职事不修。"

爷的意思。此处应是把何涛称作"老爷"的意思，作者在改编这个故事时，误以为观察是观察使一职，造成谬误。另外，书中称何涛为"缉捕使臣"①，这也是一处错误。在宋代，使臣是一个特殊用语，指下级将校。作者不明此意，把使臣当作奉命办事的人去理解了。甚至还虚构了济州的衙门里设有一间使臣房，这就更加荒谬了。看来，改编流传下来的故事时，如果对当时的制度不了解的话，则很容易出错。类似错误还有很多，比如误用元明时期的制度中的旗牌、军户等名称，造成了时代错误。这还是《水浒传》较靠前的改编旧故事时产生的错误。如后边呼延灼、关胜等高级武将刚出场时，作者所写的官职名称则完全是荒谬至极了。不过真要在这些地方上较真也没有什么意义。

关于《水浒传》中出现的兵器问题，再多说两句。书中有王进传授史进十八般武艺的一段故事。这十八般是什么兵器，书中一一列举了出来②，看得我们云山雾罩，不知是何物。幸好北宋时期编有《武经总要》一书，内附绘图，是一部军事百科全书。最近此书已出版，可以清楚地看到这些兵器的形状。

比如霹雳火秦明所用狼牙棒，柄身很长，棒头粗大，其上有很多狼牙状的铁钉，类似于"节分之鬼"③所持的兵器。双鞭呼延灼所用的铁鞭，其形如剑，鞭身上有如同竹节一样的节瘤，钢铁制。此鞭本身就有弹性，再加上被这节瘤一击，无论多么坚硬之物也要被击碎。

在当时并未被当作武器的朴刀，或者叫博刀，却频频出现在小说

① 见第十七回。

② 见第二回。书中所言十八般武艺为："矛锤弓弩铳，鞭简剑链挝，斧钺并戈戟，牌棒与枪杈。"

③ 节分指立春的前一天，根据日本传统习俗，这一天会进行撒豆驱鬼活动。这里的鬼被称作"节分之鬼"。头上有角，手拿狼牙棒的形象最为常见。

里。这种刀类似于剃刀 [①]，很长。但刀头是以何种方式被安装在刀柄上，则不太清楚。《水浒传》里有刘唐在晁盖家的兵器架上，抄起朴刀去追雷横一段。还有杨志等十五人，拿上分量很重的朴刀上路等情节。可见这种刀在民间很常见。也可能没有被开刃，所以不算太危险。但宋代的史料里，或有地方的强盗经常用朴刀为非作歹，或有此刀为民间私自打造，还有朝廷严禁私藏此刀等记载。

花和尚鲁智深

我想，若对水浒英雄谁最受欢迎进行投票，恐怕鲁智深会受此殊荣。鲁智深性格豪爽，没有一点坏心眼，一身正气，侠肝义胆。尽管一开始杀了人，但事出有因，人们绝不会认为他会像李逵似的滥杀无辜，这点大概也有其为出家人之故。

鲁智深，本名鲁达，在延安府经略使老种相公帐前做提辖。[②] 提辖为提督管辖之意，职务之名，非官名。地位或高或低，职责或大或小，文职也好武职也好，都有提辖这种叫法。鲁达的提辖，其职是经略使直属的一支小部队的队长。不过，在军营里，部下习惯用高一级的职位去称呼其长官，所以鲁达很有可能不过是一个部队的将校。日本旧陆军中也有这一倾向。比如把下士班副的教育系助教尊称为班长，把上等兵的助手尊称为助教等。宋代史料中，常有提辖使臣等称呼的出现，所以鲁达有可能是使臣，即八品或以下的武官。

鲁达碰巧遇到了一对受人欺辱的父女，为帮其讨回公道，打死了

---

① 　日文作"薙刀"。

② 　按《水浒传》第三回记载，鲁达是在渭州小种经略相公帐下做提辖。据小种经略相公的描述，鲁达原是老种经略相公帐下军官，后被调到小种相公处做提辖。

肉铺老板，逃至五台山受戒出家，法名智深。因醉酒闹事，离开五台山，去了京城的大相国寺。临走时，打了一条六十二斤的水磨禅杖，成为其终生所持的兵器。因背上刺青，故绰号为花和尚。他在大相国寺也无所事事，被命看守菜园，遂偶遇并结识禁军教头林冲。后林冲蒙冤被流放，高俅买通解差欲杀之于半道，鲁智深挺身相救，也因此遭到高俅记恨，不得已离开大相国寺，上了二龙山落草。后与宋江一同上了梁山。宋江归顺朝廷后，鲁智深随军征讨方腊。凯旋途中，于杭州六和寺内，听钱塘潮水之声而顿悟，遂坐化于此。这一系列故事，都是受宋代发生的几件真实事件的启发而创作出来的。

先来看《鲁提辖拳打镇关西》这一回。肉铺老板，绰号镇关西的富户郑屠，遇到流落此地的金翠莲父女二人，乘隙欲以三千贯买金翠莲做妾，但未给钱便强迫金翠莲签了卖身契。鲁达听闻此事后，让父女二人逃走，自己拳打镇关西，失手将其打死。

这则故事，出于五代后周太祖郭威幼年时的一件有名的故事。据《新五代史》记载：

> 威尝游于市，市有屠者，常以勇服其市人。威醉，呼屠者，使进几割肉，割不如法，叱之。屠者披其腹示之曰："尔勇者，能杀我乎？"威即前取刀刺杀之。一市皆惊，威颇自如。[1]

这则故事，完全是逞强斗狠，而鲁达的拳打镇关西，却出于侠义之心，更使故事有血有肉，妙趣横生。

再来看鲁智深在五台山出家时，打了一条六十二斤的禅杖一事。六十二斤，十贯[2]的重量，约现在的三十七公斤。后来他在大相国寺

---

[1]　卷十一。

[2]　日本旧度量衡的重量单位，1贯为1000枚开元通宝重量，3.75千克。另外，旧制1斤为16两，600克，故下文言37公斤。

舞弄禅杖给当地的几个泼皮看的时候，恰巧被路过的林教头看到，林冲大声叫好。大相国寺为开封府第一大寺院，六十二院里，只有两处禅院，余者皆是律院[①]。北宋真宗年间，此寺内似乎确实住着一个力大善武、无人敢惹的恶僧。史料记载："相国寺僧法仙献铁轮钹浑，重三十三斤，首尾有刃，为马上格战具。"[②] 这条史料是说法仙献上了自己使用过的兵器。这件兵器是何形状，史料中没有记载。"浑"与棍棒的"棍"同音[③]，棒是在一端加了附件的棍。此人因亲族百人入辽作战，下落不明，故还了俗，还当了军官。

　　鲁智深去大相国寺的途中，在瓦罐寺消灭了为非作歹的绰号为生铁佛的崔道成，后来他自己也上了二龙山当了头目。查看宋代史料，发现当时很多僧人行为不法，成了治安的一大隐患。朝廷时常颁布约束僧众的诏敕。当时僧众有数十万，时有为盗者，百姓不堪其扰。因此，朝廷下令拆毁未登记造册的私建寺院。而开封府，天子脚下，很多寺院也明目张胆地收纳无赖游民，私藏亡命罪犯，政府对此也颁布了禁令。

　　第三个故事，鲁智深在浙江坐化。此回已是接近全书末尾。鲁智深跟随宋江征讨方腊，生擒方腊，凯旋时，住在杭州六和寺。鲁智深夜闻钱塘潮声，想起五台山智真长老送给他的四句偈子，最后一句是"见信而寂"，悟到此偈之意即是闻潮信而入寂的意思。于是他沐浴净身，坐化在禅床上。

　　按照指明自己死期的预言而入寂，是历来名僧的逸事，并不罕见。比如离北宋尚不算远的一个例子。岳飞的部下何宗元，在岳飞死后辞官归隐于玉笥山，五年后知自己将要离世后而入寂。事见曾敏行

---

① 禅院指供禅师修禅悟道之所，律院指供僧徒讲解戒律之所。
② 《续资治通鉴长编》卷四十七。
③ 浑，有 gǔn 音。

《独醒杂志》：

> （何宗元对一位熟识的道士说道）"来日我居庵作少事，子来
> 访我，则先击石，若庵中有声相应则不须来。"道流如其言。数
> 日后，乃始访之。击石数四，寂无应者，惧而退。又数日，率众
> 再往，启其户视之，则何被发而逝。①

豹子头林冲

鲁智深在大相国寺偶遇了禁军枪棒教头，豹子头林冲。这之后不
久，林冲因妻子遭高俅养子高衙内调戏而招来大难。林冲蒙冤，被发
配沧州，林冲的命运活生生地演绎了北宋末年真实的社会状态，说明
了为何正直的军人会选择落草为寇。

林冲号称八十万禁军教头。八十万是禁军总数，北宋第四位皇帝
仁宗，在其统治的庆历年间（1041—1048），全国兵数为一百二十九
万五千余人，马步禁军总数为八十二万六千余人。

教头，虽然是禁军中因武艺高强而被选为武术教官的人，但其品
级连最下级的八、九品的使臣都不如。跟日本旧陆军中的下士差不
多。旧陆军把下士称为节级，这个教头便类似于节级中的一种。

林冲被高俅设计陷害流放沧州，并在脸上刺了青。这种刺青，是
在两面脸颊上刺上"刺配某州牢城"的字样，并雅称其为金印。林冲
被刺青后，戴着七斤半的枷锁，被两名差役押送。临行前，他给妻子
写了一纸休书，嘱咐其可再嫁。言罢，往沧州而去。

这两个公差，是开封府衙内的两名差役，被高俅收买，欲在半路

---

① 卷四。

加害林冲。他们走进一片无人的密林内，正待下手，放心不下林冲而一路追来的鲁智深突然跳出，将二人踢翻在地，救了林冲性命。二人因林冲说情，捡回一命。这一路上，鲁智深与林冲同行，两名差人一路侍奉。快到沧州时，一路人家渐多，再无可下手杀人之地，鲁智深方拜别林冲而回。这样的事情，在宋代屡见不鲜。南宋罗大经的《鹤林玉露》中记载着一个实例：

> 淳熙间，庐陵有恶少子曰晏先，以杀人减等流岭南。行有日，逢其党二人于市，晏目之曰："盍免我乎？"二人不应而去。行数日，送徒者节其饮食，有害之之意。一夕，止旅舍，二人者忽来，为酒馔飨晏及送徒者，尽夕歌呼，至晓偕行。过荒林间，二人以白金一笏掷于地，抽刃言曰："晏，吾兄弟也，汝能释使逃，请以此金为谢，不然，不能俱生矣！"送徒者欣然破械纵去，为疑冢道傍而反。[1]

书中写到，就要到沧州时，林冲和两名差官找了一家酒馆歇脚。闻听店老板说，小旋风柴进的府宅就在此不远处。于是林冲前去拜会。柴进是五代最后一个朝代后周的皇室后裔。陈桥兵变后，柴进之祖上，后周最后一位皇帝周恭帝，禅位给宋太祖。所以，柴氏一族受到宋王朝的格外关照，太祖钦赐丹书铁券。当然这是因为柴进姓柴而虚构的背景。南宋就有的《宋江三十六人赞》中，有关柴进的部分里，一个字也没说他是皇室后裔。《宣和遗事》里也没有提及。

依据可信度比较高的史料看，宋太祖确实留有保全后周皇室后裔的遗言，并命其后代世袭崇义公之爵。徽宗末年，柴氏族长受任宣义郎一官，最后一代崇义公柴恪在金军入侵时被杀。

———————————

[1]　乙编卷六。

《水浒传》里写到，在柴进府上，林冲见到了任指导柴进武术的教官洪教头，并与之比武。林冲看柴进的态度，察觉出柴进心里也厌恶此人。于是没有手下留情，棒打洪教头，得到柴进赞赏。

这个所谓的洪教头，不是正规的军人，不过是个民间的习武之人。当时，好武的年轻人组成社团，花钱雇武术教师传授武艺等事十分流行。但这些团体很可能扰乱治安，所以仁宗庆历元年（1041）下旨取缔。"如闻淄、齐等州民间置教头，习兵仗，聚为社。自今为首处斩，余决配远恶军州牢城。仍令人告捕之，获一人者赏钱三十千。"①

这条法令极为严格。有意思的是，淄州、齐州离柴进所居住的沧州很近。"远恶军州"中的"远"，指的是偏远地区。"恶"，指气候等自然条件恶劣之地，比如岭南，或者海南岛等疟疾肆虐之处。但是，对于国境线附近偏远之地，政府奖励民间习武的情况也有。主要是因为这些地方的治安极难管理。清朝初期，有一本被视为秘籍的供地方官行政参考的书叫作《福惠全书》，里边记载道："近日吴越州邑，有等无赖少年，并纠合绅衿不肖子弟，焚香歃血，公请教师，学习拳棒，两臂刺绣化纹。"②此情景与宋代差不多。

且说林冲受到款待并结识柴进后，便进了沧州。两名差官拿到公文回开封府去了。林冲被牢城营收押。牢城营隶属于州，厢军数营之一。林冲便也成了厢军的一名小卒。发配至此做了厢军的人叫配军，所以会被骂成"贼配军"。牢城营的长官，即管营，由指挥使至副都头之间的某个级别的将校充任。其属下，相当于下士级别，称为差拨。差拨，意思是选拨、调用。这些差拨临时在这里工作，依据工作年头和功劳，会从普通兵卒升为下士级别的小军官。被收押到牢城营

①　《续资治通鉴长编》卷一百三十四。
②　卷一。

里的犯人肯定是没有升迁资格的。所以，在这里工作的差拨，都是从其他营里调过来的。这种下士级别的小军官，正式称呼是十将，指十人之长。其副手，有将虞候等职。

《水浒传》里写到，配军到后，管营和差拨会先命打其一百杀威棒，说这是宋太祖定下的制度。这种制度并未见载于史料中，但很可能是存在的一种习惯。因为在宋代治政类参考书《州县提纲》里有与此非常相像的记载："大辟窃盗捕至之初，例于两腿及两足底辄数杖百，名曰入门杖子，然后付狱。"而且，《水浒传》里还写到，如果事先拿些银子贿赂管营和差拨，托言自己途中生了病，尚未痊愈，请过些天再打，则此事便会不了了之。这看上去应该也很可能是事实。

牢城营不是战斗部队，所以不会接受军事训练，只是被当作苦力去服劳役。林冲被命令去看守天王堂。天王堂几乎在所有军营里都会设置，是供奉军神毗沙门天王①的祠堂。看守祠堂这个活儿，实在是在营内服役的最轻松的工作之一。林冲能受此优遇，也是柴进花钱托了人情之故。

但高俅并未善罢甘休。他找来了与林冲有旧的虞候陆谦和自己的一个下人富安，命二人去沧州，买通管营和差拨，再次设计杀害林冲。虞候这个称呼，自北朝就有，是副官、侧用人的意思。宋代的虞候各种各样，有上至禁军中能率领一支部队的都虞候，也有下至最低级的将虞候。而且文官里也有虞候一职。陆虞候与林冲相识，所以很可能就是禁军中的将虞候，时不时被派到高俅身边做点杂事。

林冲突然被命令去看管囤积马饲料的草料场。这个差事还算不错，在百姓交纳干草的时候，还能收点被称作常例钱的手续费。上交草料还得自己掏手续费，看来老百姓只要和政府有接触，没有一件事是不

---

① 也作"毗沙门天王"，梵名音译。佛教护法之一，即四大天王中的北方多闻天王。

会被收钱的。林冲能得这个美差，完全是差拨设的诡计。他们要点燃堆积如山的草料来烧死林冲。幸好林冲出去买酒了，才免此大难。正巧他又在山神庙碰见了差拨、陆谦和富安三人。林冲将三人悉数杀死，逃命去了，半途偶然进了柴进的庄院，经柴进引荐，去投了梁山。

林冲是在小说前面部分着意塑造，有血有肉的一位英雄，但在后半部分却鲜有出场。最不可思议的是，《宋江三十六人赞》中竟没有林冲这么一位，直到《宣和遗事》里才出现林冲这个名字，写晁盖战死之后，林冲才确立了自己的地位。

乱政者高俅

《水浒传》里最令人憎恶的无疑是高俅。所谓的四奸里，蔡京没怎么露过面，童贯主要在后续的三十回里出场，杨戬则全书几乎没有提到过。而高俅就不同了。一开场他便阴险地陷害王进和林冲。后续三十回里，他是攻打梁山的罪魁祸首。百二十回本里，他的恶行是造成王庆叛乱的间接因素。高俅这个坏人接连不断地在做坏事。这样写他，恐怕和历史上真实的高俅有关系。历史中的高俅，祸政乱军，致使金军入侵，使本就脆弱的北宋转眼便灭亡了。百姓目睹这一切后，遂对高俅十分怨恨，所以塑造了一个十恶不赦的高俅的形象。

在《宋史》的《奸臣传》和《佞臣传》中，都没有高俅的传记。有可能是因为高俅实际上是一个微不足道的小人物，不值得一书。但小人物是可以给国家带来大祸的，高俅就是这么一个人。

《水浒传》里写到，高俅出生于开封府，是一个地痞。因善蹴球[1]，

---

① 即蹴鞠，《水浒传》中说高俅"踢得好脚气毬"。

故被人称为"高毬"①。他自己把"毬"字的毛字旁换成了人字旁，更名高俅。很明显，这是《水浒传》作者为了使故事更有趣而编造的。因为高俅和他兄弟的名字，一开始就都是人字旁②。高俅生性不良，走到哪都被人厌恶。从柳大郎到董将士，从董将士到被称为小苏学士的苏辙③，高俅不断被踢来踢去。苏辙对他也很厌烦，又把他送到了神宗的女婿王诜家里。王诜是徽宗的姐夫④，徽宗当时还是端王。有一次，王诜派高俅去给端王送玉器，正巧徽宗在后园内踢球。突然这球被端王踢了一脚，径直飞到高俅身旁来。高俅摆好架势，拿出看家本事，一脚踢还给了端王。端王大喜，便向王诜讨要了高俅。

　　《水浒传》这部分的叙述其实就是流传于宋代民间的故事。但在高俅改换门庭这一点上，《水浒传》的叙述与王明清所著《挥麈后录》的记载却有不同。《挥麈后录》的记载是高俅初为苏东坡门下的一名胥吏，后被送与曾布，曾布不收，又被苏东坡送与王诜。关于蹴鞠这段故事，据《挥麈后录》记载，高俅并非是正好接到飞来的球，只是远远地站在一旁偷看端王玩球，端王问他是否善此技，并允许他试一试，这才引出来后面的故事。⑤

---

① "毬"为"球"的繁体字。

② 宋·李心传《建炎以来系年要录》卷一："高傑、高伸，皆俅兄。"

③ 《水浒传》小说里的小苏学士没有具体姓名。

④ 历史上的王诜字晋卿，是英宗的女婿，徽宗的姑父。

⑤ 南宋·王明清《挥麈后录》卷七："高俅者，本东坡先生小史，笔札颇工。东坡自翰苑出帅中山，留以予曾文肃，文肃以史令已多辞之，东坡以属王晋卿。元符末，晋卿为枢密都承旨时，祐陵为端王，在潜邸日，已自好文，故与晋卿善。在殿庐待班，邂逅。王云：'今日偶忘记带篦刀子来。欲假以掠鬓，可乎？'晋卿从腰间取之。王云：'此样甚新可爱。'晋卿言：'近创造二副，一犹未用，少刻当以驰内。'至晚，遣俅赍往。值王在园中蹴鞠，俟候报之际，睥睨不已。王呼来前询曰：'汝亦解此技邪？'俅曰：'能之。'漫令对蹴，遂惬王之意，大喜，呼隶辈云：'可往传语都尉，既谢篦刀之况，并所送人皆辍留矣。'由是日见亲信。"

在宋代广为流传的蹴鞠故事中，还有一则与此相似，但时间要追溯到真宗时期，是宰相丁谓与进士柳三复之间的故事。据《刘贡父诗话》①记载：

> （蹴鞠）国朝士人柳三复最能之，丁晋公亦好焉……初柳为进士，欲见晋公无由，会晋公蹴后园，柳往伺之，球果出，柳即挟取。左右以告，晋公亦素闻柳名，即召之。柳白襕怀所素业，首戴球以入，见晋公再拜者三，出怀中书又再拜，每拜辄转至背脊间，既起复在幞头上。晋公大奇之，留为门下客。

《水浒传》中，高俅的第一个投靠的人柳大郎，名字叫柳世权。作者特意安排这个角色也姓柳，可见《水浒传》中多少有些这个故事的影子。另外，在不重视实用科学的明代，诗话这种书还是很流行的。比如有一本《刘贡父诗话》，里边也有与蹴鞠相关的记载：

> 世传球最贱艺，天下万事皆弟子拜师，独球，弟子学球，或富贵子弟而善球者，率多贱人，每劳赐以酒，必拜谢而去，是师拜弟子也。术不可不慎，此亦可喻大云。

高俅就是以这种"贱艺"讨好端王的。端王运气也不错，哥哥哲宗早亡，于是摇身一变成了宋徽宗。高俅从此飞黄腾达。徽宗继位后，把原先府里的下人一个不剩，全都带进了宫，并称其为随龙人。随龙人之一的高俅，本身没有做官的资格，居然被派到军队里供职。后又经过一番阿谀献媚，转眼就升任了禁军最高指挥官——殿帅，即殿前司都指挥使。这种事简直让人目瞪口呆。

---

① 《刘贡父诗话》，即《中山诗话》，宋·刘攽著。

史料中对高俅的记载少之又少。大致就是说高俅和童贯里应外合，把持军政大权。童贯率兵在外作战，高俅在内统领禁军。北宋末年，两人左右朝政约二十年，致使北宋军队羸弱不堪。

那军政是如何崩坏的呢？这和徽宗以及大臣们的奢侈生活不无关系。国家的军队也经常被擅自私用。比如高俅命令禁军为自己修缮府邸，还派去为权贵帮忙，以卖人情。国都常备禁军本有十五万，因高俅不断派去做劳力，而且还克扣军俸，结果最后只剩下三万人左右。高俅不能抚恤部下，训练无法，败坏军纪，只搞得军队颓然不兴。于是有人上奏，弹劾高俅，说都城内的近卫军没有个军队的样子，而在外作战的军队也因童贯之过被糟蹋得一团糟，陷入崩溃的局面。但不管仗打得多么失败，兵力损耗多么大，他绝不会跟朝廷说实话。士兵明明是战死，他就上报说逃跑了，家属也拿不到补偿，这兵就算白死了。对辽作战的前线，兵力减少二三成，朝廷拨下的补充兵力的钱也被他克扣了。他拿这笔钱，反而献给皇上，讨得皇上欢心。对他而言，要想保全地位，比起打胜仗，讨好皇帝和大臣更为必要。前线作战的部队和都城内的军队，所剩只有三分之一，甚至五分之一，根本无力与金国对抗。而对所剩部队训练无法，不加抚恤的情况就更不必说了。

徽宗闻听金兵南下，匆忙将皇位禅位给钦宗，狼狈南逃。高俅也一同随行。第二年，金兵北还，徽宗回到都城。不久，高俅染病，一命呜呼。高俅在四年前被授予开府仪同三司[①]的官位，可受宰相待遇。一般来讲，这个官位的官员去世后，钦宗也需要去吊丧。但当时有个忠臣叫李若水，他强烈反对钦宗这么做，说怎么能去给一个和童贯沆瀣一气、败坏军政的高俅吊丧。童贯已经处罚过了，高俅虽死，应该追罚。这位忠臣李若水，后来跟随钦宗一同去了金营，在金兵要废钦宗时，极力反对而遭杀害，在历史长河中留下浓墨重彩的一笔。

---

① 散官最高官阶，从一品。

连金兵都赞叹其节，追赏于他，这段故事久为传诵。钦宗接受了李若水的上奏，在高俅死后的第二天，钦宗下令除去高俅的一切官爵。

金兵第二次南下，开封府陷落。北宋朝上朝下，乱成一团，难以形容。应金军要求，朝内的达官富豪，以及长期以来为所欲为的权贵等，其金银财宝一律没收，运往金营。高俅一家当然也在其列。高俅有两个兄弟，都是徽宗的宠臣。哥哥高傑是武官，官拜金吾卫大将军。弟弟高伸为文官，做延康殿大学士。一家三兄弟个个异常显贵，落得此下场，真是报应。

但形势更为严峻的是，都城的百姓已经到了活不下去的地步。于是，朝廷下令拆毁高俅的府邸，卖掉其之前的东西，剩下的用来救济灾民。高俅的宅子是私用军队建起来的，如此处置也很正常。高俅的两个兄弟也被金军掳去，随同钦宗一起了金国，其命运最终如何，不得而知。

另一方面，对高俅也有一些较正面的评价。高俅曾经在苏东坡手下做过胥吏，他一直也没忘记苏东坡对他的恩情，所以高俅一直对苏东坡一家很照顾。徽宗时，苏轼的弟弟苏辙，因为其是守旧派，所以被视为奸臣，遭到流放，其一族之人皆不可为官，连周围人对苏辙也冷眼相待。高俅照顾苏家一事若为真，则在这点上其所为还值得肯定。

国都被围，太学生陈东要求追究大臣的失策和战争责任，并弹劾六贼，要求将六人斩首。此事在史料里大书特书，很是有名。六贼者：蔡京、王黼、童贯、梁师成、朱勔、李彦。当时尚在人世的高俅本应与此六人同罪，却未被列为贼。从陈东的奏折里可以看出，有些情报反倒是来源于高俅，所以高俅并未被弹劾。这点或许说明了高俅的狡猾之处。

不知是何原因，南宋高宗绍兴元年（1131），距离金兵入侵过去一段时间了，高俅的儿子高尧明被召见，并官封宣教郎。北宋灭亡之时，他因是高俅的儿子，被免掉了户部员外郎一职，并遭到流放。这时候重新启用，不知是何缘故。有可能是趁党派变动之机，东山再起也未可知。

　　只不过从此事可以看出，世间对高俅的谴责并没有像对蔡京和童贯那样猛烈。

第七章　戴宗和李逵

胥吏的世界

《水浒传》对胥吏的生活状态有着真实的描写，生动形象，可当作不亚于正史的史料去读。胥吏是所有衙门里都会有的最下级的官吏，官府凡是和百姓有接触的工作，都必然需要通过胥吏去完成。但胥吏并不仅仅只是完成官府指派的任务，他们在官府和百姓之间构建起一个独立的王国。以此来看，可以说《水浒传》在叙述胥吏是如何违抗官府命令这一点上，完全是一部写实的小说。宋江是如此，虽是配角但极受欢迎且非常活跃的戴宗和李逵同样如此。宋江是县衙门的胥吏，戴宗和李逵是州衙门的胥吏，但其所作所为却没有什么不同。

在中国自实行郡县制度以来的漫长时期里，地方上最小的行政单位，换句话说朝廷统治的末端就是县。中国的县比日本的县要小得多①。宋代全国有县一千三百多个，最繁盛时，全国人口约有一亿，平均每县约七万六千人。

一个县的行政中心是县城，为县政府，即衙门所在地。周围有城墙，城外有数十个，甚至更多的村落，是物资集散地，同时也是政治

---

① 明治维新时，日本政府废藩立县。其县相当于现今中国的省，是地方最高级别行政单位。

文化的根源所在。

一县之长为知县，副手为县丞，负责治安的是县尉，管理日常事务的是主簿。这些官员均由朝廷委任，在职期间共同掌管一个县。俸禄自然由朝廷支给。但朝廷对于一个县实际的掌管，并不只是委任几名官员这么简单。朝廷会从县那里征收赋税和专卖所得的利润，但绝不会提供财政上的补助。县的行政支出需要本县自己筹措，所以究竟能筹措多少，就得看知县的本事了。换句话说，知县承担着一个县的财政运转。所以，钱收得多，自己就还可以捞点油水，若是筹措不到位，连朝廷的税收都无法支付的话，则知县会受到处罚。

每个县在内部推行的正是这种承包制度。组成县衙门行政中心的是六房，这是北宋末期宰相蔡京定下的制度。朝廷里实行的是吏、户、礼、兵、刑、工六部制度，如此原封不动，照搬于县，便成了六房。各房的书记就是胥吏，正式称呼叫手分。未正式入职，类似于实习中的手分，称作贴书。贴书以下再私设贴书的现象也并不少见。

各房胥吏中的总管称为押司。梁山首领，《水浒传》的主人公宋江，就是郓城县刑房的押司。不过，在胥吏中，也有可能存在用高一级的官称去称呼别人的习惯。所以宋江很可能只是一个一般的胥吏，只是被别人叫成了押司。比如宋江的同僚，与宋江之妾阎婆惜有染的张文远，被人叫作张贴书，但同时也被叫作张押司。

每房的押司需要负责知县所摊派下来的所有任务，经费知县并不提供，而需要向百姓征收。刑房负责诉讼事务，百姓提起诉讼时，会被征收诉讼费。这笔费用由押司掌管，作为薪水发给其手下的胥吏。胥吏的培养是以学徒方式进行的。希望做胥吏的年轻人来到这里，一开始并无薪水，衙门只提供伙食。他们逐渐能处理各种事务，可独当一面时，会成为真正的胥吏。事务越多的房，会收取到更多的钱，因此胥吏人数也更多。清闲的房，则胥吏人数非常有限。

宋江是郓城县下宋家村的大地主宋太公的儿子，但他却让弟弟宋清继承家业，自己则去县衙里做了一名胥吏。宋家这么有钱，宋江为什么会选择去做胥吏呢？一是宋江这个人不能满足于单调的农民生活，喜欢在繁华的城市里寻求生活上的变化。另外，就算是大地主，要想保护自家的财产，若不和官府攀上关系，是无法安心的。因此，宋江作为一族的代表，去县衙里当了胥吏。而宋家村，从名字上就可以知道，这是宋氏一族世代聚集的村落。

胥吏，是处于古代中国行政机构末端的一个团体，上至朝廷，中间的路、府、州、军，下至县衙门，无一例外，都有胥吏的存在。当然，级别越靠上的胥吏，地位和权力也就越大。直接与百姓接触的是县胥吏，往上一级的是州胥吏。一部规模宏大的长篇小说《水浒传》，为什么将一个小小县衙门的胥吏作为主人公去描写呢？

按作者的话来讲，宋代是一个做官容易做吏难的时代。朝廷任命的官员，倚仗权势，在地方上巧取豪夺，再将榨取来的金银贿赂于上，甚至可以因此而升迁，即使犯了罪也不会被处罚，世界上简直没有比当官更美的差事了。与此相反，胥吏则一生被束缚在地方上的衙门里，稍有一点没有讨得上司欢心，便会被安个罪名流放到偏远苦寒之地。所以，在胥吏的眼里，天下没有比这更加不公的事情了。这就是胥吏的社会观和人生观。若站在这个角度去读《水浒传》的话，则会发现确实是官没一个好官，而胥吏则几乎都是好人。但是，中国历史上果真有过这样的时代吗？虽然我们读的史料或政论基本上都出自官员之手，但这些书里都把乱政的根源归罪于胥吏。

站在中立客观的立场上去看一下《水浒传》，会发现书内隐藏着一个假想。水浒故事的来源是民间流传的故事和戏曲。流传于民间的东西，必须能引起百姓共鸣。而百姓与政治权力接触时，不论是否情愿，都必须通过胥吏。那么，胥吏在百姓眼里是怎样一类人呢。恐怕是一群惨无人道、丧尽天良的无耻之徒吧。所以，若能有一位像宋江这样善良正义的胥吏存在的话，则必定会受到百姓的欢迎。《水浒传》

中，贫穷的寡妇阎婆向宋江哭诉道："这一家儿从东京来……昨日他的家公因害时疫死了。"① 宋江说："去县东陈三郎家取具棺材。"阎婆说："实不瞒押司说，棺材尚无，那讨使用。其实缺少。"宋江说："我再与你银子十两做使用钱。"

这样大方的押司到哪里去找。百姓若看到此一幕，一定会想为什么我们县的押司偏就如虎狼般暴虐。戏曲也好，评书也好，演到这里百姓一定会拍手叫好。

但是，台下看戏的百姓里，说不定就有胥吏。而且这些戏曲故事的原作者，也可能就是胥吏。如果真如此的话，则是这些胥吏站在自己的立场上做的假想。虽说胥吏在自己的地盘上，地位还算比较稳固，但也仅限于自己的地盘了。名声再大，势力再大，终究出不了一州一县。官员们就不同了，全国都有关系网。特别是科举出身的官员，就算素未谋面，一说起哪年哪科来，两人之间总可以找到一些交集，就此便可以像有十多年故交的老友一般畅聊起来。而胥吏则会痛感自己不能如此得势。这种愿望被寄托在宋江这个人物形象上。就像书中所写，不管是谁，听闻眼前之人是宋江，便当即跪倒，一拜再拜，说一句"有眼不识泰山"。实际上，这种事怎么可能。不过是小圈子羡慕大圈子，被限制于一地的胥吏羡慕全国上下都有关系的官员，空想一番，发泄一下罢了。

宋江有两个绰号，呼保义和及时雨。呼保义是一开始的绰号。保义，即保义郎，阶官名称，花点钱就能买到，而且是最好买的官。因此，社会上保义郎非常之多。于是保义郎这个名称逐渐变成了"有钱人""老爷"的意思了。呼保义，就是呼喊老爷的意思。

县衙，前衙为办公场所，后衙则为知县及其家属所居住的府宅。胥吏们也被要求住在衙门里，不过只限其一人，家属仍在外居住。其

---

① 这句话是做媒的王婆介绍阎婆时说的，不是阎婆本人说的。

外出办公或者在外过夜时，需要打报告。但这项规定并未被严格执行。胥吏以下，有衙役。胥吏是负责起草文书的书记，而衙役则纯粹是干体力活的役夫。衙役也住在衙门里。

宋江与住在县城附近东溪村的保正晁盖相交甚厚。保正，是北宋中期的名相王安石在变法中施行的保甲法制度里衍生出的职务，可以看成是村长。保正本来应该负责追缉盗贼，但这位晁保正却伙同其他七人，设计以蒙汗药迷倒青面兽杨志等十数人，掠取了作为蔡京生日礼物的十万贯金珠宝贝，因而犯下大罪。济州府派武官到郓城县，责令知县缉拿晁盖一伙。正巧那天是宋江当值。探听到消息的宋江，第一时间，快马加鞭，将消息告诉了晁盖。然后装作不知情的样子把济州府下达的公文交给了知县。

大吃一惊的知县立刻命令县尉缉捕晁盖等。县尉手下的两个都头，朱仝和雷横，立即率领弓箭手和土兵百余人，向东溪村扑来。土兵，指乡兵，征募本地人所组成的自卫队之一。根据宋代制度，县尉属文官系统，负责一县治安。所率领的弓箭手及其队长都头，还有土兵，应该隶属于武官。为何会配属给文官调用，稍有点奇怪。

因为晁盖事先得到消息，所以此次追捕自然是无功而返。晁盖等人则前往梁山落草。

州的牢狱和牢城营

成功放走晁盖的宋江，这一次灾祸降临到自己身上了。因帮助阎婆母女二人而结缘的宋江，收留了阎寡妇和他女儿，并纳了其女阎婆惜为妾，在外安置了一所住宅令其母女居住。但后来，宋江私放晁盖一事被阎婆惜知道了，宋江为了夺回作为其私通晁盖证据的书信，一怒之下杀了阎婆惜。

事发后，宋江立刻逃走了。他先是躲在了其父宋太公庄内，后又去投其挚友，青州管下清风寨的知寨小李广花荣。快要到清风寨时，被盗贼锦毛虎燕顺捉住，燕顺要挖出宋江的肝来下酒。宋江连连叹息，喃喃道："可惜宋江死在这里。"这句话正巧让燕顺听到，遂问道："你莫不是山东及时雨宋公明？"宋江说正是。燕顺一翻身从椅子上下来，与矮脚虎王英、白面郎君郑天寿两位头领倒身便拜。说道："久闻得贤兄仗义疏财、济困扶危的大名，只恨缘分浅薄，不能拜识尊颜。今日天使相会，真乃称心满意。"还说："小弟只要把尖刀剜了自己的眼睛！原来不识好人，一时间见不到处，少问个缘由，争些儿坏了义士。"说完，为宋江摆酒压惊，然后将宋江送到紧临的清风寨花荣处。

花荣绰号小李广，可见以弓法闻名。但他仅是一个下级武官，手下领着若干兵马。但与他同在此处的还有一个文知寨刘高，二人关系如同水火。在宋代官制中，文知寨是监当官。县所辖下的村落，因商业开发而繁荣的地区称为市，若市的规模扩大，则为镇。如果成了镇的话，则此地设置一个隶属于县的办事处，由朝廷派下监当官来此地办公。监当官主要负责茶盐专卖和商业买卖的税收，此外也负责烟火公事①等治安管理。刘高就是这么一个官。而花荣是武官，并不归县管，而归州管。因为县没有兵权，所以州以上才会设有武官，配属士兵。这就是县和州的本质区别。

刘高之妻寡恩薄情，宋江救了她，她反倒恩将仇报。清风寨赏灯之夜，她认出了人群中前来赏灯的宋江，于是向刘高告发说宋江是盗贼燕顺一伙。刘高遂将宋江擒获，打算献给州府请赏。于是花荣与刘高两方大打出手。最后花荣和宋江杀掉了刘高，合伙上梁山泊投晁盖去了。

---

① 烟火指火灾，公事指案件。

快到梁山时，宋江听说父亲宋太公亡故，于是慌忙回家奔丧。哪承想这是官府的一计。[①]宋江刚进郓城县就被捕获，作为身犯重罪之人，被押往济州。济州知事判宋江杖责二十，发配江州。济州在山东，江州在江西。路途遥远，更加中间隔着一道长江。

长江是中国第一大河，江宽水急。说是江，但感觉如同大海一般。这样的地方，自然是不法之徒的天堂。混江龙李俊，便是居住于此的私商，即私下秘密贩卖茶盐的商人。船火儿张横，是私渡，即拉黑船之人。称其为私渡，是因为大江上的摆渡船皆为政府经营，收取渡费。他二人这种身份，不定什么时候就会变成强盗。

李俊听说宋江被发配到江州，于是上岸在揭阳岭脚下等候，但多日不见动静。李俊遂上岭上的酒馆，到卖人肉包子的催命判官李立那里询问。原来宋江连同两名差官早已被李立以蒙汗药迷倒，正打算宰了做成包子。李俊急忙打开包裹里的公文来看，确定是宋江和两名差官，便急忙给宋江服下解药。见宋江醒来，倒头便拜："李俊未得拜识尊颜，往常思念，只要去贵县拜识哥哥。只为缘分浅薄，不能勾去。今闻仁兄来江州，必从这里经过。小弟连连在岭下等接仁兄五七日了，不见来。今日无心，天幸使令李俊同两个弟兄上岭来，就买杯酒吃，遇见李立，说将起来。因此小弟大惊，慌忙去作房里看了，却又不认得哥哥。猛可思量起来，取讨公文看了，才知道是哥哥。"李俊等人苦劝宋江就在此地安住下来，莫去江州了。宋江怕连累父亲宋太公，所以没有答应。于是他告别李俊等人，随两名公差前往江州了。

宋江身上带着不少金银，进了牢里，上下打点。于是他没有像新发配来的犯人一样吃太多苦头，还被安排了件最轻松的活，去抄事房做一名文书。牢城营和外界并没什么文书往来，所以宋江每日落得个

---

① 按照《水浒传》原书，是宋江父亲为使宋江回家，让宋江弟弟写信谎报丧讯。

清闲自在。

过了十数日，两院押牢节级戴宗来看宋江，索取贿赂。两人的对话十分有趣：

> 那节级便骂道："你这矮黑杀才！倚仗谁的势要，不送常例钱来与我？"
>
> 宋江道："人情，人情，在人情愿。你如何逼取人财，好小哉相！"两边看的人听了，倒捏两把汗。
>
> 那人大怒，喝骂："贼配军，安敢如此无礼，颠倒说我小哉！那兜驮的，与我背起来，且打这厮一百讯棍！"两边营里众人，都是和宋江好的。见说要打他，一哄都走了，只剩得那节级和宋江。那人见众人都散了，肚里越怒，拿起讯棍，便奔来打宋江。
>
> 宋江说道："节级，你要打我，我得何罪？"
>
> 那人大喝道："你这贼配军是我手里行货，轻咳嗽便是罪过！"
>
> 宋江道："你便寻我过失，也不计利害，也不到的该死。"
>
> 那人怒道："你说不该死，我要结果你也不难，只似打杀一个苍蝇。"
>
> 宋江冷笑道："我因不送得常例钱便该死时，结识梁山泊吴学究的却该怎地？"
>
> 那人听了这声，慌忙丢了手中讯棍，便问道："你说甚么？"
>
> 宋江又答道："自说那结识军师吴学究的，你问我怎地？"
>
> 那人慌了手脚，拖住宋江问道："足下高姓？你正是谁？那里得这话来？"
>
> 宋江笑道："小可便是山东郓城县宋江。"

于是宋江取出了吴用的书信。戴宗立刻改变了态度，向宋江说此处不是说话的地方，请去别处详谈。问明了事情原委的戴宗，自此以后对宋江以兄长之礼相待。戴宗邀宋江去吃酒，并把自己的手下，牢番黑旋风李逵介绍给了宋江。宋江还见到了和这个脾气火爆的李逵打了一架的浪里白条张顺，张顺便是前几日见到的船火儿张横的胞弟。宋江身边的兄弟越来越多了。

　　话说两院押牢节级戴宗向宋江索贿，这件事当故事听很有趣，但参考宋代实际的制度则有些不实之处。牢城营是厢军的兵营，而隶属于州的牢狱，则是属于与军队半点关系都没有的文官系统。

　　古代中国的牢，或者叫狱，和当今的监狱完全不同。古代的牢狱只是暂时拘留犯人的地方。县也有牢狱，但县的刑事判罚是罪轻者当即判罚，该杖责杖责，该释放释放。而重罪犯需要押送到州里接受判决。对重罪犯的判决需要较长时间，所以这段时间里重罪犯被暂时关押到守备森严的牢狱里，并且需要派专人看守。

　　宋代州的机构承袭唐制，掌民政者为州院，掌军政者为使院，此制度残留有二重制的影子。另外，州的牢狱也有州院的狱和使院的狱两种，即民事和军事上的两个牢狱，称为两院之狱。其看守即为节级，有数人。所谓的节级其实也就是判任官，其中的主管称为押牢。戴宗便是两院押牢节级，是受州衙门六房中刑房节制的文官。所以，戴宗去隶属于厢军的牢城营里索取贿赂这种事，是完全不可能的。拿日本来说，就好比是拘留所所长去旧陆军屯驻地的军事监狱里索要贿赂一般。看来明代《水浒传》的作者对宋代的制度不太清楚，以为"牢"这个字意思都一样，所以把州的牢狱和牢城营当作同一个系统的东西了，为了把故事写得更有趣，而犯下了错误。这之后，宋江因酒醉，在浔阳楼墙上题下反诗，被问了谋逆和大不敬之罪，由牢城营押送到了州的牢狱里。这才开始和戴宗在公事上有了接触。牢狱里最下级的看守人称为牢子、狱子或禁子，李逵便是其中之一。节级还算是胥吏的一种，牢子则被视为身份最为低贱的衙役了。

戴宗和李逵

江州两院押牢节级戴宗和其手下的牢子黑旋风李逵，是寄托着当时百姓的愿望而创造出的英雄形象。

戴宗绰号神行太保，他一使法术便腾空飞起，如新干线列车一般神速行走。他作法的道具是两枚甲马，即绑腿。绑在腿上之后，口念咒语，便可使出神行之术，日行五百里，相当于二百多公里，比普通行走要快五倍左右。如果事情异常紧急，则绑上四枚甲马，便可日行八百余里。当时江州离都城开封有两千余里，戴宗用神行术三日便可到达。

这正是当时百姓，尤其是住在城市里从事商业的商民们所盼望的。当时中国商业繁荣，东西南北的特产交换频繁，甚至在农村的各个角落也都有交换经济的存在。而商人们更是走遍四海，各种情报信息的交换也十分频繁。随着印刷术的普及，远方地域的情报可以得到详细提供，但与此同时，交通工具的落后却令人焦急无奈。若能早一点到达远方，早一点得到消息，则能赚得更多，买卖也会更兴旺。随着运河的开通，大量的物资得以运输，但这只是解决了量的问题，速度上甚至比陆路运输还要慢很多。然而路上的道路也未加修建，唯一能够提供情报的就是人们之间口口相传，这与以前的时代相比，几乎毫无进步。在当时商业化、信息化的时代，所欠缺的就是速度。这也是后来中国社会落后于北方游牧民族的原因之一。

神行太保中的太保，在宋代指善念妖咒的妖人。南宋末年的"名奉行"[①]孙子秀，在做苏州吴县主簿时，消灭过一个被称作水仙太保的

---

① "奉行"为日本幕府时期的官职之一，主要有三种："寺社奉行"（掌管全国寺社僧侣等）、"町奉行"（掌管城内的行政司法等）、"勘定奉行"（掌管幕府直辖领地内的行政司法等），通常称为"三奉行"。"名奉行"即"有名的奉行"，作者此处借日本官职名称来形容孙子秀的名声。

人。根据语言学的考证，太保一词是指那些作法念咒后，假托神明附体而诓骗别人的人。当时县城里的官员都害怕这个水仙太保，"郡守王遂将使治之，莫敢行，子秀奋然请往，焚其庐，碎其像，沉其人于太湖"①。至于这个太保犯了什么罪，不得而知。不过孙子秀的手段却也相当粗暴。正巧，就像当时的欧洲也在大兴猎杀女巫之风一样，孙子秀这件事也被当作一件功绩而得到了上司的嘉奖。

北宋第三代皇帝真宗在位时，被认为是治世。杨琼任兖州知事时，在军队中出现一个吹嘘自己会神术，能在空中飞行，来蛊惑州人之人。杨琼捕之，先折断其双腿，再上奏天子请令斩之。先折断其双腿，说明杨琼在一定程度上也相信此人可能真的有神行术，害怕他万一飞走了怎么办。这种对飞行术的迷信，一直到北宋灭亡，金国占领华北地区后，民间都存在。当时一些民间自发组织的抗金部队，还声称在绑腿上画上马的形状再绑之于腿，则行走速度比马还快，借此种宣传来吓唬金兵。所以，《水浒传》中神行太保的故事并不是作者自己想象出来的。

《水浒传》里戴宗经常施展神行术来传送紧急军情。宋江因被判谋反，由牢城营被押送至州属的两院牢狱。江州知事命戴宗火速前往开封禀报蔡京，并询问如何处置宋江。

戴宗让牢子李逵照顾好宋江，在去开封的途中经过了梁山。从地理位置上看，梁山的位置是到了开封后还要往前走很远，不可能半路经过，但不这样写，故事没办法巧妙展开。梁山军师吴用定下一计，命人伪造了一封蔡京的手书作为回信。但这封伪信被识破，反而置宋江于更危险的境地。连戴宗也一起被捕，两人被押赴刑场，准备开刀问斩。吴用也意识到了自己在作伪时因疏忽而留下了破绽，因此梁山倾巢而出，去江州劫法场。好在他们没来晚，诸好汉和李逵合兵一

①《宋史》卷四百二十四。

处，杀散刑吏，救出了宋江和戴宗。李俊和张横等在扬子江边准备好了船只，帮众好汉过了河，大家一起上了梁山。

　　戴宗的手下李逵也是代表百姓呼声的人物，是为了表明百姓愤恨之情而创造的一个英雄形象。他挥舞着两把板斧，砍倒一切胆敢拦路之人。斧子是原子弹般破坏力的象征。对受压迫的百姓来讲，这种横扫一切之感是非常畅快的。但《水浒传》中的李逵杀人也太轻率了。不过，若要如实地描写历史的话，那历史不真的就像李逵似的有着太多的无情杀戮吗？

　　上了梁山的宋江后来被推举为首领，并率众攻打高唐州。高唐州的知州是高俅的侄子高廉[①]。梁山等众因高廉施展魔法，连连败退。事不凑巧，宋江军中会法术的公孙胜正好告假回故乡蓟州了，这段时间正在师父罗真人身边继续修道。因此，宋江命戴宗带李逵一起施展神行术，去接回公孙胜。《水浒传》中对于这件事的描写极为精彩。有可能这一部分原先也是作为一出单独的喜剧被表演过的，因此作者几乎没有怎么修改原文，照实笔录了下来。这段故事里，李逵被写得如同《西游记》中的猪八戒似的呆呆傻傻，只是随手杀人的嗜好还是没有改变。

　　二人就像东海道的弥次喜多二人组[②]一般开始了旅程，一路上笑料不断，最终到达了蓟州二仙山，找到了清道人公孙胜的隐居之所。但罗真人认为，公孙胜道术还未更进一步，现在正是修炼的关键时期，所以不允许公孙胜下山。但若请不回公孙胜，宋江的使命就难以

---

① 《水浒传》中，高廉是高俅的叔伯兄弟。

② 出自《东海道中膝栗毛》，此书 1802 年出版。作者为日本著名小说家、画家十返舍一九（1765—1831）。弥次喜多为书中两名主人公，弥次郎兵卫和喜多八。全书为两名主人公的游历经历，以游记形式写成。叙述了两人一路上的欢声笑语、所见所闻以及对人生的思考。

完成，戴宗大为苦恼。

李逵倒是不着急。到深夜，他提着两把板斧，悄悄溜进罗真人的庐舍，把正在诵经的罗真人冷不防地砍成了两截。有一个童子看到了这一幕，"啊"地大叫出来，李逵手起斧落，把这童子也劈为两半。不可思议的是，头颅落地的两个人，一滴红血也没流，流出的却是白血。[①] 完事的李逵，装作没事人似的回去睡觉了。

第二天早起，戴宗再次拜托公孙胜向罗真人告假几日。于是二人向罗真人的庐舍走来。李逵吐吐舌头，相跟而来。令他大吃一惊的是，罗真人毫发无损地出门相迎，招呼三人进屋，并说昨天有恶人溜进来，砍掉了我两个精心种下的葫芦，说完便瞅着李逵。这下李逵可跑不掉了。罗真人要惩罚李逵，拿出一张类似《一千零一夜》中飞毯似的东西，载着李逵飞上了天空。一阵恶风吹来，将李逵吹翻，正落在蓟州府府衙的屋顶上。衙役围了过来，认为他一定是善使魔法的妖人。于是将李逵绳捆索绑，关入了大牢。当时人们坚信要破解妖术必须以猪血或是人的粪尿等脏物把妖人从头至尾泼洒一遍不可。于是李逵被带出，结结实实被这些污秽之物泼洒了一番。这恐怕是戏文里最有趣的一幕了吧。

再次被关入大牢的李逵心生一计。他谎称自己是罗真人的高徒，只因一时犯错惹怒了真人，叫我来这里吃些苦头。他还吓唬看守说，过不了几日罗真人便会来救我，等我出去非杀你们全家不可。看守十分害怕，于是转变态度，好生伺候起李逵来。这一幕也十分有趣。

戴宗苦苦求情，罗真人方饶过了李逵。他见二人确实是诚心来请公孙胜，便同意公孙胜下山了。后来到军中，公孙胜破了高廉的魔法，宋江大胜。在满是征战杀伐的《水浒传》里，插入些类似的不甚高雅的幽默，倒也可以缓解一下读者的紧张感。

---

① 《水浒传》第五十三回只提到罗真人流白血。

《水浒传》的成书年代

梁山水寨不断有新人加入。像以戴宗、李逵为首的江州集团这样晚一些入伙的，本打算为梁山泊做点什么，但机会已经不多了。所以百回本的作者才续写了征讨方腊的故事，让后入伙的人也有机会一显身手，建功立业，立万扬名。比如，因为与李逵大打一场而和宋江结识的浪里白条张顺就是这么一个角色。

宋江攻打杭州时，方腊之子方天定，坚守着杭州的十座城门，以逸待劳。十座城门中有四座紧挨着西湖的湖水。熟识水性的张顺待天黑后，潜入水里，悄悄接近四门之一的涌金门，以刺探方腊军情。张顺正打算从水下通过城门时，哪承想水下有一条绷紧的绳子，这是机关，张顺一碰这绳子，城门上的铃铛就发出了声响。他听到城上有士兵谈话，说也看不到人影，会不会是有条大鱼从底下过去了。张顺心想，这水下是过不去了，干脆上岸爬城墙入城吧。上岸后，他先向城墙上扔了几块石头以作试探，听到有士兵闻声而吵嚷起来。看来还是太早，尚有未入睡之人。于是张顺又潜入水里，等着深夜再行动。到了深夜，张顺上岸又试了一试，这回没有动静了。迟则有变，张顺下定决心，开始悄悄沿城墙向上爬。刚爬到一半，突然听见一阵梆子响，城墙上万箭齐发，犹如雨注。张顺想跳入水里，但为时已晚，遂壮烈战死。这夜，宋江正伏在桌子上打盹，忽然一阵冷风吹入，灯火恍惚，满身是血的张顺出现在宋江面前，与宋江道别。阴气凄怆，不寒而栗。

这段张顺的故事似乎是有原型的。南宋将亡之时，在河南湖北交界处的襄阳城，作为前线被蒙古军队包围。围绕襄阳的攻防战，反反复复打了五年之久。宋军中有一位壮烈战死的将军就叫张顺。襄阳城中虽然不缺粮草，但是食盐和棉帛已经告罄。此时襄阳被蒙古军队里三层外三层，围得是水泄不通。莫说人，连一只蚂蚁都爬不进去。于

是宋军制定了从汉水上游，用船装载物资，走水路突破包围进入襄阳
的计划。这时，都督张顺作为敢死队队长，和他的兄弟张贵一起，率
领有百艘船的船队，开始突围。二人勇猛过人，在军中被称作大张、
小张。此时正值雨季，汉水涨水。二人趁此机会，率船队乘风破浪，
向襄阳驶去。他们烧断①了敌人横在江面上的铁索，抵住了如雨的弓
箭攻击，终于到达襄阳，成功为襄阳运入了物资。这时，唯独不见张
顺身影。正当人们为其安危担忧时，数日后，张顺的尸体，随着河水
漂回了出发地。身中四枪六箭，其面容怒气勃勃如生。宋人官民十分
感动，遂立祠供奉。此后，襄阳又支撑了近一年，终于力不能敌，投
降蒙古，南宋也濒临灭亡。

　　宋末元初成书的《宋江三十六人赞》中有诗赞浪里白条张顺：

　　　　雪浪如山，汝能白跳。
　　　　愿随忠魂，来驾怒潮。

　　此处的忠魂，应该理解为假托水浒人物而实指南宋将军张顺。因
为这一时期，宋江征方腊的故事尚未成型。而与蒙古作战的将军张顺
的故事，已经家喻户晓，妇孺皆知了。《水浒传》的作者也很可能是
基于这段历史故事，而创造了浪里白条张顺壮烈而死的一幕。

　　历史小说中所依据的事件原型，其真实存在的时间也许比小说创
作的时间还要晚，这其实并不奇怪。日本的《忠臣藏》也是一样的。
我打算更进一步，通过对真实事件的探究，来提供一个对百回本创作
年代的假说。

　　第六十九回《东平府误陷九纹龙》中，宋江攻打东平府，派九纹
龙作为内应潜入城里，结果不慎被捕，被关进大牢。顾大嫂扮作难

---

① 史料中只作"断"，并未明言烧断。

民进入牢内，告诉史进说众家兄弟本月晦日[①]攻城，可于那天见机逃脱。结果史进搞错了日子。那月是大月，有三十日，史进提前了一天，在二十九日夜逃出大牢，结果看不到援军的影子，急得史进团团转。不过虽然差了一日，倒也没有造成严重后果。像这种无甚影响的情节，本可有可无，但《水浒传》中劫狱的故事太多了，为了避免千篇一律，才在创作中运用了一些寻求变化的小技巧。而巧的是，作者在创作这样的情节的时候，真实生活中也恰好发生了可供借鉴的事情。

清同治年间的《福建通志》，记载了一件明代万历年间发生的事情。我认为可以看作《水浒传》六十九回故事的原型。明万历二十年（1592），福建省长泰县爆发了蔡扬中等人因挑起叛乱而被捕入狱的事。在外的余党相商搭救，并向狱中的蔡扬中等人传递消息，相约三月朔日[②]，内外一起行动。结果蔡扬中等人算错了日子，二月晦日便杀了狱卒，破牢而出。结果没有等来援军，在正准备逃出城门的时候重新被捕。

劫狱算错日子这种事，按照真实事件来讲很少发生。在小说里，作者专门去空想出一段不影响故事发展的情节来，这样的事情可能性也不大。那么最可能的情况是，作者正在写书的那段时间内，偶然听说了这件事情，觉得蛮有意思，作为一个小插曲写进书里也不错。这就是我的假设。如果真是这样的话，那百回本的成书时间应该是在长泰县事件发生的1592年之后，起码相差不会很远。不过说到底，这也只是一种理论上的推测罢了。

---

① 指每月最后一天。
② 指每月第一天。

第八章　张天师与罗真人

张天师

若问《水浒传》中谁最了不起，谁最受尊敬，不是天子，不是大臣，也不是将军，而是宋代道教的一位祖师张天师。即便是手握无上权力的天子也办不到的事情张天师可以办到，他还拥有救民于水火的无边法力。但拥有如此法力的张天师，却只在全书第一回的楔子里出过场。

北宋第四代皇帝仁宗嘉祐年间（1056—1063），也就是历史上的宋江登上历史舞台的前六十年左右，这是《水浒传》开篇的时间。当时瘟疫肆虐，百姓苦不堪言。仁宗依大臣之言，派人去江西信州贵溪县龙虎山请住在那里的张天师，希望张天师能够作法驱除瘟神。被派去的是太尉洪信。他经过长途跋涉到达龙虎山。为了能见到张天师，洪太尉斋戒沐浴，更换布衣，独自一人沿小径向山上攀行。

突然，一阵冷风吹起，一只吊睛猛虎拦住去路，吼声如雷。洪太尉吓得魂飞魄散，摔倒在地。那猛虎踱了两步便走掉了。洪太尉庆幸自己性命无碍，心里抱怨着为什么自己接了这么一个差事，爬起来继续前行。又吹来一阵冷风，吹翻了旁边的草木。洪太尉往那里一瞧，一条吊桶般粗细的大蛇，曲起脖子，哧哧吐着信子，正看着他。洪太尉一屁股坐在地上，叫了一声"今番死也"，几乎要晕了过去。但那大蛇爬到洪太尉身边嗅了嗅，便爬进草丛里不见了。

不过多时，他看见前方有一个骑在牛背上吹着牧笛的牧童。洪太尉上前问道是否知晓天师住处。牧童说来得不巧，天师被天子唤入都去，此时正巧不在山上。洪太尉大为扫兴，便下了山。他与山下众道士说了此事，众道士言道这牧童正是张天师，既然天师自己说要去都城，那想必现在一定已经飞到了。洪太尉还说了遇到了猛虎和大蛇的事情。众道士说："这是祖师试探太尉之心。本山虽有蛇虎，并不伤人。"

这位太尉被人戏弄了一番，且遭到慢待，心中甚为光火，因此执意打开伏魔殿，这才放走了一百零八个妖魔。此行十分不顺的洪太尉颜面尽失，悻悻回朝。谒见天子后，得知张天师已经驾鹤而来，做法驱除瘟神后又驾鹤而归了。民间疫病尽除，百姓生活恢复正常。也算是完成了使命的洪太尉，受到了天子的嘉奖。

这个故事其中一部分改编自流传于宋代雁荡山中一位老者的逸话。地处浙江温州的雁荡山上，住着一位隐居的无名道士。这位老道士是一位神医。传说北宋第六代皇帝神宗生了一场大病，于是派人来向这位老者求方问药。没想到在使者还没回去时，老者已经施展道术治好了神宗的病。也有一种说法是，这位老者提前给了某位道士一个药包，说在元丰六年（1083）时天子会有疾，到时候可把此药献给天子。

小说中的张天师，本来是汉末在蜀北创立新宗教的张道陵。他的后代建立了割据政权，后被曹操所破，于是逃到了江南的龙虎山上设立了道场。再后来，张氏一族继承家业，延绵不绝，成为仅次于山东曲阜孔子家族的第二长的旧家[①]。其实张道陵被称作汉天师，而其子孙被称作嗣天师。但不知从何时起，民间把嗣天师称作张天师了。

道教里所谓天师一门不过是一个象征性的存在，道观、道士都是

---

① 即世家。

由朝廷控制着，而并不归天师一门支配。朝廷发展道教，尊崇张天师，不过为了笼络人心。

宋代皇帝和张天师的后人开始接触，是在第三代真宗时期。真宗崇信道教，经常摆设道场，大做法事，求运祈福。大中祥符这个年号就带有浓厚的道教色彩。大中祥符八年（1015），嗣天师张正随奉诏入宫，被赐予真静先生的法号，还受到其所有土地免除租税的优遇。

徽宗时代有嗣天师张继先。此人出生五年，一语未发。忽一日，闻鸡鸣而咏诗。蔡京掌权的崇宁年间（1102—1106），张继先入宫面圣。徽宗问道："卿居龙虎山，曾见龙虎否？"张继先回答道："居山，虎则常见，今日方睹龙颜。"如此巧妙的回答，令徽宗大悦。徽宗沉迷道教，经常不惜重金请道士入宫做道场。甚至连张继先都劝谏过徽宗，身为皇帝应以天下苍生为念，不可过于沉迷道教。张继先第二次入京觐见徽宗时正赶上金兵入侵，遂南逃至泗州，病故。因其无子，所以孙族中的张时修继承天师之位。

徽宗最初总是无子，因此请道士做道场求子。结果，皇子接连不断地出生。徽宗坚信这是信道的回报，于是大建道观，这也是导致财政入不敷出的原因之一。所有宗教只要一勾结政权，则必至堕落。当时出入宫中的道士多与腐败的俗人无异。

当时的道教逐渐风气不正，因此改革的呼声也很高。北宋灭亡后，王重阳所创立的全真教在华北兴起。因此，《水浒传》中，在北宋尚存，全真教未兴之时，便把公孙胜称作全真先生，从时间上讲，这是不对的。

元代帝室崇道之风气更甚于北宋。龙虎山的张氏一族被称为张天师也是始于元朝。

罗真人

　　梁山好汉中唯一一位会使用法术的公孙胜[1]，其师父是罗真人。这位罗真人是小说中受尊敬程度仅次于张天师的人物。作为师父，其功力自然连公孙胜都无法企及。这种道术需要长年修炼才能修得。

　　那么，《水浒传》中罗真人在历史中的人物原型是谁呢？这个尚不能确定。宋代被称作罗真人，或是虽未被称作罗真人，但颇像小说中人物原型的人物有数人之多。

　　第一位是罗公远。但他其实是唐代玄宗时代的人物。传说有一次中秋，玄宗邀他赏月。席间，罗公远将手杖向空中一扔，立时变作了长桥，通向月宫。他和玄宗相携而往，渡过长桥，到了月宫。月宫中仙女数百人，身穿白绢宽衣，来迎玄宗，并为玄宗跳了一段霓裳羽衣舞。回去时仍走此桥。落地后，玄宗回头看去，此桥走过之处，也由高到低一段段地消失了。回宫后，玄宗向罗公远请教搭建此桥之术，罗公远拒绝传授。玄宗一怒而杀了他。后来，被派往蜀地的敕使说见到了活着的罗公远。罗公远还给了敕使一根当归，并让他转告玄宗，说会在此地恭候圣驾。敕使回去后禀明此事，玄宗大惊，命人挖开罗公远的坟墓，只见棺椁中仅有一双木履。后安禄山叛乱，攻陷长安，玄宗入蜀避乱。正如罗公远所言，玄宗这才明白了当归，乃应当归来之意。

　　人们相信罗公远一直活到了宋代。据说蜀地锦州罗公山上便是罗公远所居之处。没有人看见过他。他经常乘一辆小车往来于山中。山中石分五色，上有车辙，深三余尺，一新如昨。当时，知州种世衡曾前来寻访，沿着车辙走到一个洞穴的入口处，听到鸡犬之声。至于其后如何，没有任何记载，估计种世衡无功而返了。此人的事迹，在

----

①　梁山好汉樊瑞也会法术。

《新唐书·方技传》中以罗思远之名出现。

第二位是罗致福。此人为晋代之人，居住于湖北黄梅县之北的凤台观中，善炼丹药。有一次，一位老者出现在他面前，说自己本是一条龙，现在生了病，能不能给一些丹药。罗致福便把刚炼好的丹药给了那位老者，那老者的病立即痊愈了。正当他看到这位老者在道观北处的水池中洗脚时，老者突然变回龙身，腾空飞去。后来人们把这个水池叫作洗足池、飞升台，至今还有此遗迹。

第三位是罗升，江西宜春县人。他年轻时卖过狗肉，上了岁数后改开药铺。有一次，一位异人教给了他如何炮制长生不老药。他服用了之后，活到几百岁。后来不知道他预感到了什么，叫来亲戚道别后与世长辞。其年是宋徽宗政和二年（1112）。

第四位是罗晏，蜀之阆州人。他儿时有一次在山里放羊的时候，看到两名道士下围棋，看得入神，把放羊的事都忘了。道士从布袋里拿出饼子给他吃。吃了饼子的罗晏回家后，腹内如火烧一般，人也开始变得疯癫。此后，每日不吃东西，只喝些水。再后来能预言将来之事，其为别人预言的事情大多都应验了。徽宗宣和二年（1120），他被赐予静应处士的称号。据蜀人讲，他活到了一百七十八岁。

这种传说多得数不完。他们基本上都是跳出自然生死，修得长生不老的神话人物。这些人物究竟是什么身份，很难把握。《水浒传》里的罗真人也一样，是一个不知来历的高人。总之，想证明罗真人历史原型是谁几乎不可能。

九天玄女

《水浒传》中保护宋江的神是九天玄女。百回本第四十二回，宋江回到故乡后，被捕吏追捕，于是逃到了九天玄女的庙内过了一夜。

当夜，九天玄女托梦给他，并赐予他三卷天书。

> （宋江）跟着青衣（女童），行不过一里来路，听得潺潺的洞水响。看前面时，一座青石桥，两边都是朱栏杆。岸上栽种奇花异草，苍松茂竹，翠柳夭桃；桥下翻银滚雪般的水，流从石洞里去。过的桥基看时，两行奇树，中间一座大朱红棂星门。宋江入的棂星门看时，抬头见一所宫殿。
>
> （宋江从正门走进宫殿，只听见女童说）
>
> "娘娘有请。星主进来。"
>
> ……殿上喝声"卷帘"，数个青衣早把朱帘卷起，搭在金钩上。娘娘问道："星主别来无恙？"①

宋江战战兢兢。他本是天魁星，和九天玄女应是"同事"关系。因犯了罪，被贬下界。只希望能建功立业，待被召回天庭，便能重归星位。九天玄女对宋江说："玉帝因为星主魔心未断，道行未完，暂罚下方，不久重登紫府，切不可分毫失忘。"为了帮助宋江脱此魔心，将拿黄绢包裹着的三卷天书赐予了他。

> 宋江便谢了娘娘，跟随青衣女童，下得殿庭来。出得棂星门，送至石桥边，青衣道："恰才星主受惊，不是娘娘护佑，已被擒拿。天明时，自然脱离了此难。星主，看石桥下水里二龙相戏。"宋江凭栏看时，果见二龙戏水。二青衣望下一推。宋江大叫一声，却撞在神厨内，觉来乃是南柯一梦。宋江扒将起来看时，月影正午，料是三更时分。宋江把袖子里摸时，手里枣核三个，袖里帕子包着天书。摸将出来看时，果是三卷天书。

---

① 第四十二回，下同。

实际上这三册天书在全书中基本没起过什么作用。只是在征服方腊时用了一次。为了与善使妖法的包道乙对决，情急之下，打开天书作法，并获得胜利。

九天玄女是道教之神，道藏《云笈七签》中有传。据《九天玄女传》记载："九天玄女者，黄帝之师，圣母元君弟子也。"同书《轩辕本纪》载："玄女教帝三宫秘略五音权谋阴阳之术。"甚至还说唐代名将李靖也用玄女之法作战。九天玄女俨然成了战术之神。

《云笈七签》是宋真宗时期张君房所编，其所记载之内容，是从哪一时代开始出现的，是必须要考证的。九天玄女并不见于其他古典著作。我认为，其应该是早至汉，晚至唐之间，被道教吸收的一个带有地域性的神。

真实历史人物中使九天玄女大为出名的是唐末军阀高骈。高骈在唐僖宗乾符二年（875）被任命为西川节度使，前往蜀地与南诏作战，当时便使用了玄女秘法。所谓的秘法是，作战的前一夜，召集将士，打起旌旗，把画有人和马的纸在士兵面前烧掉，再抛撒小豆。他说这是因为蜀地的军民都是懦夫，必须得依靠玄女的神兵方能克敌。这使得军士们大为不悦。

后高骈出任淮海节度使，镇守扬州。但他连年失政，甚至不服从朝廷命令。他还宠信小人吕用之，连其心腹大将毕师铎也背叛了他，率兵包围了扬州。高骈问计于吕用之，吕用之学着高骈的口吻说："烦玄女一符耳。"① 高骈遂被捕，后被杀。

不只是高骈，当时相信九天玄女的人非常多。五代时在吴越国为官的文士罗隐写过一首诗："九天玄女犹无圣，后土夫人岂有灵。"九天玄女和后土夫人是经常被一起说起的。五代时在后唐明宗一朝为官的杨勋常说他可以随意将九天玄女和后土夫人招至内宅，并借用其力

① 《新唐书》卷二百二十四。

量。杨勋这么说，是为了以此迷惑世人。

托塔天王

在《水浒传》里，张天师是天子的顾问，罗真人是公孙胜的师父，九天玄女是宋江的保护神，那么保护梁山好汉全体成员的则是托塔天王，也就是化身为毗沙门神的晁盖。

梁山首领三易其主。一开始是白衣秀士王伦，是一个气量狭窄的小知识分子。林冲杀掉王伦后，拥护晁盖做了梁山之首。后来晁盖在讨伐曾头市时中箭身亡，宋江便坐上了头把交椅。

王伦这个人物是作者基于宋代真实人物创作的。历史上的王伦是东京路治下虎翼军中的一名士卒。虎翼军是以捕役为主组建的一支军队。仁宗庆历三年（1043），王伦煽动同伙，举兵造反，杀了其长官沂州巡检。他设年号，改官名，转眼间攻陷数州，如入无人之境。后率兵攻打淮南路的高邮军，知军事①晁仲约为了百姓不被无端杀害，劝市民捐出金帛，献给了叛军。叛军大喜，遂没有肆意杀害百姓而撤走了。但朝廷里却有人弹劾晁仲约，说他胆小怕事，卑劣懦弱，并要求对其处以死刑。当时只有范仲淹反对此举，他说高邮军并非战斗部队，而且缺少装备，无力抵御叛军。晁仲约此举保护了百姓免遭涂炭，不应该被弹劾。还说弹劾地方之长不应只考虑律例，应该斟酌实际情况。因范仲淹的辩护，晁仲约被免去死罪。这个故事出自朱熹的《名臣言行录》，非常有名，只是言行录里，把王伦写成了张海，这是错误的。在淮南烧杀抢掠的确实是王伦，张海是在京西路发动叛乱的，他并没有去过淮南。但两者确实是同一时间举兵的，在地

---

① 即"知军"，宋官名，军一级长吏称知军，也称作"军使"或"知军事"。

方搅得官民不堪其扰，无奈只能拿出酒食招待乱军，以免杀身之祸。这一点两者倒是一样的。这件事在《续资治通鉴长编纪事本末》卷一百四十一里有详细记载。书中还引用了谏官欧阳修的一封奏折，讨论了朝中的诸多重要问题。《水浒传》作者可能是有意利用了王伦这个较为出名的名字来进行创作。

晁盖为郓城县东溪村的保正。这个村子被溪水一分为二，东溪村对过便是西溪村。传说西溪村常闹妖怪，迷乱人的心神，把人拖入溪水里。有一个行脚僧教给当地人一个方法，在溪边用石头盖一座宝塔，这样就能把妖怪赶到东溪村去了。晁盖闻知此事后非常生气。于是他趁夜色去溪边，毫不费力地提起这座高大的宝塔，放在了东溪村这一边。村民大惊，呼其为"托塔天王"。

后来晁盖率兵攻打曾头市，敌军的武术教头史文恭放箭射死了晁盖，宋江便成了首领。这是《水浒传》中的故事情节。但这与流传于民间的传说大相径庭。明显是作者有意为之，为了使情节更为复杂，对传统的故事进行了改编。

首先，除了现今看到的《水浒传》外，其他书中只要出现宋江三十六人的名单，则一定会有绰号"铁天工"的晁盖，而且一开始就是位列宋江之下。而《水浒传》中却把晁盖排除在三十六人之外，这必有原因。恐怕是因为晁盖绰号"铁天王"，所以作者想干脆把他单独拿出来，使他作为毗沙门天王的化身守护整个梁山。

《水浒传》作者很清楚，宋代的军营里一般都设有天王堂，供奉的是毗沙门天王，也称作托塔天王。但他在描述梁山水寨时却故意没有用到天王堂这个名称：

> 忠义堂后建筑雁台一座，顶上正面大厅一所，东西各设两房。正厅供养晁天王灵位；东边房内，宋江、吴用、吕方、郭盛；

　　西边房内，卢俊义、公孙胜、孔明、孔亮。①

　　这表明晁天王是水寨的守护神。

　　早于《水浒传》的三十六人名单里，晁盖绰号铁天王。《水浒传》的作者将其改为了托塔天王。托塔天王指的是毗沙门天王，得名于其左手托宝塔之像。这些作者肯定是知道的。但是《急先锋东郭争功》一回里，作者却写出了"毗沙门托塔李天王"这样的话，这是为了形容大名府都监李成的威风。不仅如此，正如前文所叙，晁盖是因为把西溪村的宝塔拿到了东溪村，所以才被称为托塔天王。这也是作者故意为之。

　　不管怎么说，要想让晁盖成为梁山水寨的守护神，则必须使他战死，并且排除在三十六人之外。那么设置晁盖战死的情节是《水浒传》的最后一位作者所为，还是之前已有人尝试这样写了，不得而知。元曲《燕青博鱼》里写道："不幸哥哥晁盖，三打祝家庄中箭身亡。"②众所周知，元曲说白的部分并非都是原作，有些是后世之人修改过的，所以单凭此曲证明元代时已经把晁盖排除在三十六人之外是不充分的。但应注意晁盖战死于攻打祝家庄这一句。现今的《水浒传》中，在攻打祝家庄一战中，没有头领死亡。后面的曾头市一战中晁盖战死。恐怕晁盖死于祝家庄之战才更接近故事原型。而作者改编成曾头市，可能是想让晁盖再多出场一回。

　　毗沙门天王作为四大天王之一，是佛教中的护法神，随同佛教一起传入中国。若是单独被建祠供奉，则基本上失去了佛教的色彩，只是作为军神或福神存在，更接近道教中的民间信仰之神。这种变化，

---

① 第七十一回。

② 见《燕青博鱼·楔子》。《燕青博鱼》全名《同乐院燕青博鱼》，元·李文蔚作，共四折一楔子。

不但是毗沙门，而阎魔大王，或者是日本的大黑天、不动明王等都存在这种现象。《水浒传》中所言的托塔天王也好，铁天王也好，这里边的"天王"是最被世俗化的称呼，更像是道教中所言的天王。日本的祇园神社中的天王基本上与此类似，也被世俗化了。

邪不压正

《水浒传》并非出自一人之手，其成书离不开民众的参与。有的是部分故事的创作者，有的则是评论者，有的润色，有的修改。这部著作所用的故事素材，经历过无数大众之手的打磨，最终汇编成百回本《水浒传》。近代《水浒传》研究者一致认为，这部著作所借用的话本也好，戏曲也好，都是根植于民间才得以发展的。作者在整理创编的最后阶段，虽然加入了本人的理想与好恶，但整体上讲，其所反映的还是根植于百姓中的信仰性的思想意识。

总体上讲，水浒思想是反体制的，最明显的就是对于儒教的无视。全书很早就出场的知识分子——落第秀才王伦，被林冲骂作"笑里藏刀，言清行浊的人"。这并非是王伦一人，而是普遍对于知识分子的强烈批判。

当时的读书人，即便有幸中举，一进入官场，也不得不攀附权贵，取悦上司，阿谀拍马才能晋升。比如对于有意接近蔡京之子蔡九知府的赋闲通判黄文炳，书中评价道："这人虽读经书，却是阿谀谄佞之徒，心地偏窄，只要嫉贤妒能。胜如己者害之，不如己者弄之。专在乡里害人。"[1] 这几句真是把读书人骂了一个痛快。再比如，对于已经做了一地之长而得志的孟州知事，书中强烈谴责道：

———————

[1]　第三十九回。

这知府受了张都监贿赂嘱托，不肯从轻勘来。武松窃取人财，又不得死罪，因此互相延挨，只要牢里谋他性命。今来又得了这一百两银子，亦知是屈陷武松，却把这文案都改得轻了，尽出豁了武松，只待限满决断。有诗为证：

赃吏纷纷据要津，公然白日受黄金。西厅孔目心如水，海内清廉播德言。①

《水浒传》全书上下没有一处能看到对孔孟之道的赞述。相比儒教而言，书中对佛教则要尊敬一些。因杀人而逃亡的鲁智深，作为弟子被五台山文殊院的智真长老收留，智真长老看在赵员外的面子上，一次次地饶恕了违反戒律的鲁智深。但这绝不仅仅是因为赵员外捐了大量布施，而是长老看到了鲁智深的慧根。他安慰被鲁智深殴打的众僧："此人上应天星，心地刚直。虽然时下凶顽，命中驳杂，久后却得清净，正果非凡。"若在儒教中，断不会对这样的人如此宽恕。鲁智深第二次犯酒戒大闹五台山后，智真长老修书一封，把他介绍到了东京大相国寺智清长老处。智清长老很是为难："我师兄智真禅师好没分晓！这个来的僧人，原来是经略府军官，为因打死了人，落发为僧，二次在彼闹了僧堂，因此难着他。你那里安他不的，却推来与我。待要不收留他，师兄如此万千嘱付，不可推故。"②虽然说了几句不满之语，但没办法只得将鲁智深收留，命他看管菜园。当然这几位长老都是有德的高僧。但僧人里也有不少为恶作乱的无耻之徒，对这些败类则笔伐声讨，毫不留情。比如对于四十五回出场的裴如海，书中写道："不顾如来法教，难遵佛祖遗言。"还说："一个字便是僧，两个字是和尚，三个字鬼乐官，四字色中饿鬼。"和尚这个词，带有几

---

① 第三十回。
② 第六回。

分轻蔑之意了。比如"花和尚"便是一例。鬼乐官是冥途上的乐班之意，类似于殡仪馆的乐队。佛教与儒教的不同之处在于，佛教更接近百姓，这是其长处。但如果用来为害，也会成为祸乱的根源。特别是在伤风败俗这一点上，饱受非议。

当时最贴近百姓的宗教还是道教。与其说道教是一种以道士主导的宗教，不如说是一种民间习俗。因此道教受到了百姓的极力尊崇，也成了民意的代言。道教非常宽容，甚至可以包容与自身相反的教义。有一件非常有名的真实事件，宋代在编纂道藏，即道教经典总集时，受富豪林世长^①的贿赂，甚至把摩尼教的一些经典也收录在内。摩尼教是起源于伊朗的拜火教的一个分支，当时被官府视作魔教。这个魔教经常被反政府性质的秘密结社作为笼络成员的手段而利用，这一点在前文中已经有所叙述。

在古代中国，秘密结社在社会的各个角落都能看到。结成这种团体的首要目的便是贩卖私盐。所以，秘密结社是反政府，而不是反社会。他们反倒可以为百姓提供更便宜的食盐。从这种团体本身来看，一般的百姓是他们非常重要的顾客，因此他们不会侵犯百姓的利益，甚至扮演着对抗政府来保护百姓的庇护者的角色。说其"恶"，这种"恶"也是在不合理的社会制度下不得不为之"恶"。不过，说不定在什么时候也会变成真正的恶魔。

秘密结社的成员，从主流社会的角度去看，都是失败者。但从其团体的角度看，被选择的成员都是精英。想加入这个组织是有很多要求的。最有力的是来自成员的介绍书，如果没有则需要证明自己的能

---

① 　明·何乔远撰《闽书》卷四："真宗朝（997—1022），闽士人林世长，取其经以进，授守福州文学。"此处经指被编入《云笈七签》的《明使摩尼经》。又，宋·释志磬撰《佛祖统纪》卷四十八："大中祥符兴道藏，富人林世长赂主者，使编入藏。"

力。林冲打算在梁山落草时，也被首领王伦要求献上投名状，相当于入伙的宣誓书。这不是白纸黑字的文书，而是过路人的人头。这点很有意思，因为考虑到有官府派上山来假意落草而充当间谍的可能，所以必须让上山的人自己先去做件违法犯罪的事情来证明身份。这就像加入黑社会时先要证明自己坐过监狱一样。违法之事干得越多，对组织就越忠诚，这点是这些秘密结社所惯用的手段。

　　梁山集团也被描写成了类似秘密结社的组织。恐怕这也是作者根据当时的社会情形进行的创作。支撑这个集团的便是一个"义"字。众好汉并不是有血缘关系的亲兄弟，而是因义结盟的异姓兄弟。既然是兄弟，就绝不能相互算计，反而需要不计得失地相互帮助。义气高于一切，以前有什么过节通通不能再计较。这一点在今天看来是很不合理的。比如说朱仝所喜爱的上司的儿子[①]被李逵杀掉了，但他为宋江的义气所感化，最终还是同意入伙。这个还不算什么。宋江设计迫使霹雳火秦明入伙，致使秦明的妻子被知府杀害。但秦明却被宋江的义气所感动，娶了花荣的妹妹，并在梁山安住下来。再如，一丈青扈三娘，父亲扈太公一家数口皆被李逵所杀，但扈三娘却深感宋江义气深重归顺梁山，甚至还嫁给了矮脚虎王英。确实，义气重于泰山，在义字面前，一切世俗的价值观都是无效的，这便是这些秘密结社的特征。最近，日本也出现了所谓的联合赤军派，这一组织成员也是通过犯罪结成更紧密的团体，甚至出现要求其成员通过弟杀兄、妻杀夫等手段来证明自己是重义气的。

　　不过，作者对这种状态并非无条件认可，他认为这只是一个魔的世界。既然是魔，则终究会被正道所救赎。正如九天玄女对宋江所言："星主魔心未断，道行未完，暂罚下方，不久重登紫府。"

---

① 朱仝被发配至沧州牢城营，受到沧州知府衙内的喜爱。李逵杀小衙内乃是吴用为逼迫朱仝上山落草之计。

对于人类的迷失抱有同情之心，坚韧地等待着迷失的觉醒，这份忍耐力，正是道教深受百姓信赖的原因所在。但稍有一步的差池，则存在无差别地将邪教也包容进去的危险。但即便如此，比起冷冰冰的、不讲情面的、高高在上的儒教来讲要强多了。

所以，想要建立旷世奇功，昂首挺胸地离开魔的世界的宋江，其结局并没有以只停留在名垂青史的空虚的儒教观里而收场。

> 楚州百姓感念宋江仁德，忠义两全，建立祠堂，四时享祭。里人祈祷，无不感应。①

这个结局颇具有道教的意味。为了救赎自己的恶业，死后变成神灵，倾听百姓哀苦，接受百姓祈祷，广施福运，这是一个理想的结局。恐怕这不光是作者一个人的价值观，也是为普通百姓的信念而代言。

---

① 第一百二十回。

第九章　宋江的后继者

巨野之泽

翻开中国地图，最先映入眼帘的是从西方山地发源的两条大河，几乎平行地一路东流，注入大海。不用说，是北部的黄河和中部的长江。

长江中途，有两个宛如挂在腰间的荷包状的湖泊，是洞庭湖和鄱阳湖。洞庭湖面积约五千平方公里①，相当于十个日本琵琶湖②的大小。鄱阳湖则稍小一些。不过，随着长江水量的增加，注入湖里的水量也在不断增长，因此面积也在不断地扩大。两湖的作用非常重要，它们犹如两个蓄水池，如果洪水来临，两湖会吸收过量的江水，防止长江两岸发生洪灾。但是湖泊对于江水的吸收能力是有限的，如果水量超过上限，沿岸百姓恐怕无法避免洪水的侵害。在过去，长江不像黄河那样频频泛滥，就是因为有此两湖调节水量之故。

黄河流域没有洞庭鄱阳这样的大湖。但并非没有湖泊。古代时，特别是山西、山东两省的山地中也有一些湖泊，被称为泽，多少能起

---

① 洞庭湖曾是中国第一大淡水湖，由于近现代围湖造田，湖面面积大为减小。现在洞庭湖天然湖泊面积约 2820 平方公里。

② 琵琶湖，日本第一大淡水湖，位于滋贺县，现面积约 670 平方公里。

到一些调节水量的作用。但这种调节，效果极其有限，所以水害频发。而且洪水中裹挟的泥沙会沉积于湖底，把本就不大的湖泊填埋，待干涸之后，湖泊也随之消失。而最后仅存之湖，便是作为《水浒传》舞台的梁山泊。梁山泊的"泊"，也写作"泺"，浅水湖之意，在中国内地属于比较罕见之名。自古以来，被人们熟知的叫作泊的湖水，除梁山泊外，便只有河南省的长丰泊了。梁山泊在更早先的时候被称作巨野之泽，或大野泽。当黄河泛洪，河水流入这里，土地或被侵蚀，或被隆起，导致这片湖水形状并不固定。五代后晋开运元年（944），黄河发生过一次大规模的泛滥。堤坝被冲破，附近数州被洪水吞噬。等洪水退去后，一个叫作梁山的山丘只剩下了中心高耸的一部分，四周皆变成了浅湖，从此得名梁山泊。

这片湖水据说是南北三百里，东西百余里。宋代时要比这个面积大一些。三百里大约是一百二十公里，相当于京都到姬路，或是东京到沼津的距离。因为梁山泊是向南北延伸，所以当向东流去的洪水直线冲击过来，必然会冲击梁山。这时，湖水会因暂时的蓄水作用而涨水，水量增加，湖水溢出，南边一端流进淮河，北边一端汇入其他河流注入渤海湾。换句话说，淮河和黄河因梁山泊的存在时而可以相连通。其实这条水路即便黄河不泛滥时也是存在的。另外，梁山泊在交通方面也有重要意义。元时开通的自北京向南，经淮水流向长江的大运河，其主要的水路系统在宋代时便已存在。

梁山泊在洪水泛滥时起到一定程度上的调节作用，这已经被当时的政治家们意识到了。宋神宗为了富国强兵，任用王安石进行变法，改革制度。当时朝中的年轻的大臣们争相进献新的经济政策。但此举受到守旧派老臣们的反对，两者间展开了激烈的争论。有一名官员进言，把梁山水泊填埋变成耕地，以增加谷物产量。因为梁山泊水深很浅，填湖也不必花费巨资，短时间内就可以变成一片沃野。反对者说，填湖会使梁山泊失去调节水量的功能，黄河泛滥时会很危险。当

时在场的刘贡父也讽刺道："自其旁别凿八百里泊，则可容矣。"刘贡
父是守旧派大臣，这句话是对变法派的挖苦。[①]

　　但这种事情绝不是笑话。一千多年后的现在，时不时都有类似的
争论发生。最近，某市在讨论是否停运市营电车[②]时，市政当局和议
会在野党之间有一段如下对话：

> 　　"私家车增加，电车运营减少，乘客也越来越少，应该停止
> 市营电车的运营。"
> 　　"那市民出行怎么办？"
> 　　"增加公交车数量可以解决。"
> 　　"公交车数量增加会影响私家车的行驶。"
> 　　"把电车的轨道改造成公交车道就可以了，不需要担心。"

　　刘贡父要听到这段对话非得拍手大笑不可。

　　长一百二十公里的梁山泊，即便不被填埋成耕地，其作为湖泊也
具有相当可观的生产性。湖岸的浅滩上满是蒲草或芦苇，可作为燃料
使用。菱角和莲藕可作为食材。淡水鱼可维持渔民生计。《水浒传》
中的阮氏三兄弟便是水泊上的渔民。

　　这里需要注意的是，阮氏三兄弟不仅仅是渔民，还是私商，书中
还记载着他们经常干些地下的买卖。梁山泊是渤海至淮河水路的重要
一环，湖泊比河流周边开阔，对于私贩茶盐的商人来说，这是绝好的
藏身之处。北宋时，有很多以梁山泊为根据地的地下商人和盘踞此处

---

① 宋·邵博《邵氏闻见后录》卷三十："王荆公（王安石）好言利，有小人诣
曰：'决梁山泊八百里水以为田，其利大矣。'荆公喜甚，徐曰：'决水何地可容？'
刘贡父曰：'自其旁别凿八百里泊，则可容矣。'荆公笑而止。"刘贡父，即刘攽。
② 电车，指地铁等轨道交通。

的强盗团伙。这样的记载在史料中也经常出现。而这种记载多是宣扬东平府的官吏如何铲除了梁山泊盗贼，政绩显赫，等等。东平府即郓州，位于梁山泊东北，此湖北面的一半归其管辖。水中的梁山归东平府所属的寿张县管辖。而宋江出生的郓城县则在梁山泊以南，隶属于济州府，当然梁山泊南面的一半也归济州府管辖。

最初任郓州知事且政绩斐然的一位名人是蒲宗孟，其于哲宗元祐二年（1087）赴任郓州。此人姓蒲，说明其祖上为阿拉伯人。当时姓蒲的人大多都是阿拉伯人血统。蒲，一般认为是阿拉伯语"Abu"的音译。但蒲宗孟本人是地地道道的中国人，科举考中进士，善写文章，是一位"比中国人还中国人"的杰出的官员。他偶有奇特的言行，说明他率性不做作。《宋史》中他的传记里多处记载，他知郓州时，使用极为严酷的手段铲除梁山泊盗贼。另一处记录还说，当时有一个叫黄麻胡的暴虐成性的强盗，喜欢将无辜百姓头冲下活埋，看他们双腿挣扎的样子来取乐。蒲宗孟捉住他后，用同样手段处置了他，以儆效尤。

接下来登场的是徽宗崇宁三年（1104）知郓州的许几。他为了使盗贼无处藏匿，将以梁山泊为中心的渔民十人一保地组织起来，每日早晚需清点人员后才可自由行动，使盗贼无容身之地。这也是四十年前王安石提出的保甲法被运用到渔民身上，从陆上转移到水上治理强盗的例子。

杨戬和宋江

梁山一伙的壮大实际上是在徽宗晚年。在宦官杨戬被重用，开始施行对梁山附近百姓征收重税的政策之后。

《水浒传》中四奸之名被反复提到，是指以蔡京为首的蔡京、童贯、高俅和杨戬四人。不过这个杨戬在《水浒传》中影响力极小，他究竟是怎样的一个人，书中也没有提到。但事实上，他对政局造成了极坏的影响，从《宋史·宦官传》对他的记载中就可以知晓。

杨戬登上政治舞台，是在国家财政濒于崩溃之际。由于宋徽宗的挥霍无度，造成财政拮据，连固执的蔡京都束手无策。宦官杨戬为了扩大自己的势力，趁此时向徽宗进言道增加收入的方法还有很多，因此得到了徽宗的信任。政和六年（1116），杨戬设立了一个叫作公田所的机构，重新开始审查百姓手中的地契，即土地所有权的证明书。其实土地所有权本身就不容易查清楚。比如一开始的公有地被人侵占，后又不断地转手倒卖。时间一长，要对第一个侵占公有地的人进行问责就非常困难了。转手后的土地是买主花大价钱买来的，并无不正当行为，若要强行没收，则正当买卖的人会受到很大损失。杨戬创立的公田所是以得到利益为基本方针的，他将所有权不明的土地一律收为公有，再租给农民耕种以收取地租。

其次被杨戬盯上的就是梁山水泊。湖泊与土地不同，都是归官府所有，管辖权属于公田所。既然是公有，则湖泊的收益皆归官府，渔民必须交纳租税或者使用费。湖水中的"蒲鱼荷芡"，即蒲草、鱼类、莲藕、芡实等，对其采收者需要交税。直接计算其所得比较困难，所以要登记采收所用的船只，按船只来征税。这项税收十分沉重，但对于渔民来讲，没有船又没办法生活。如果为了避税悄悄出湖采收，就会被当作盗贼而遭抓捕。于是，本来老实本分的渔民和采莲人，被逼无奈，抱成一团，当了真正的盗贼。这个时间正好是盗贼宋江之事被上奏朝廷的宣和初年。换句话说，宋江等人的暴动，是反抗杨戬新经济政策的人民起义之一。

我们猜想宋江一伙最初的根据地正像小说中所言是在梁山泊。这是根据建议朝廷招降宋江的侯蒙被任命为东平府知事一事而推测出的。如前文所述，正因为梁山泊归东平府管辖，所以招降盘踞于梁山的宋江这种事正是东平府的知事需要做的。但事实是，侯蒙还没来得及赴任便病死了。但不知什么原因，宋江等三十六人丢弃了梁山，南下越过淮河进入淮南，后又北上进入海州，被知州张叔夜迎头痛击，遂战败投降。这是宣和三年（1121）之事，这一年杨戬病死。杨戬一伙中的宦官、奸臣、佞臣等，谁都还没死，杨戬却比他们早死了好几年，没有活到金兵入侵开封。正因为如此，他也没有遭到后来钦宗对徽宗旧臣的处罚，反倒按惯例，受到了被追封为太师、吴国公的殊遇。

杨戬死后，公田所并未被废除，而由宦官李彦接管。李彦比杨戬更为可恶，他利用权势，以各种理由没收百姓的所有田。而宋江离开梁山后，梁山依旧盗贼猖獗。北宋灭亡之际，有一位叫蔡居厚的人因惩治梁山强盗而备受瞩目。

蔡居厚于宣和六年（1124）知东平府。他声称要招降梁山盗贼五百人，趁这些人出降之时，捕而杀之，即所谓诱杀。第二年他背生恶疮，性命垂危。于是他请来道士做道场，还拜托善文的友人王生做了一篇青词①，但都无济于事，他还是一命呜呼了。没多久，王生也突然病死了。三日后，不可思议的一幕发生了，王生居然死而复生，一睁眼便急着要见蔡夫人。蔡夫人不知何事，急忙来见王生。王生将自己进入冥界发生的事说了一遍：

> 王乃云，初如梦中有人相追逮，拒不肯往。其人就床见执，回顾，身元在床卧，自意已死，遂俱行。天色如浓阴大雾中，足常离地三尺许。约十数里至公庭。主者问："何以诡作青词诳上苍？"某方知所谓。拱对曰："皆是蔡侍郎命意，某行文而已。"主者怒稍霁，押令退立。俄西边小门开，狱卒护一囚，杻械联贯立庭下。别有二人舁桶血，自头浇之。囚大叫，顿挚苦痛，如不

---

① 道教中，将举行斋醮时献给上天的奏章祝文称作青词。

堪忍者。细视之，乃侍郎也。主者退，复押入小门。回望某云："汝今归，便与吾妻说，速营功果救我。今秖是理会郓州事。"夫人恸哭曰："侍郎去年帅郓时，有梁山泊贼五百人受降，既而悉诛之，吾屡谏不听也。今日及此，痛哉。"①

蔡夫人做道场为丈夫请罪，至于有没有用就不知道了。

宋江的后继者

徽宗、钦宗父子二人被金兵掳至金国，这就是靖康之变。此后华北陷入了无政府状态，社会混乱到不可收拾的地步。宋军一部分逃至南方，拥立钦宗之弟高宗，谋求中兴。其余一部分军队或是成为乱军，靠掠夺百姓为生；或是与民间武装力量合并，共同抵抗金国的统治，展开非正面的游击战争。在南方的宋高宗支持这些民间武装，对其中较有实力者加官晋爵，或封为忠义军、忠义人等以示奖励。

而对于金兵来说，除了依仗武力进行镇压之外，别无他法。金兵为了对反抗者予以惩戒，反复对起义者进行着惨无人道的虐杀。抵抗金兵的忠义军，名字听上去很忠义，但其行为与土匪没什么两样。对他们而言，自身生存下去比什么都重要。

在这种背景下，梁山强贼的势力与日俱增。北宋时，作为反抗朝廷的梁山等众，现在摇身一变成了抵抗金国统治的忠义军，偶尔还会和金国的正规军交上两战。这部分史实《金史》可以证明。

金太宗天会六年，也就是南宋高宗建炎二年（1128），金军名将斜卯阿里率兵南下山东，攻陷东平府所属的阳谷县，并"破贼船万

---

① 洪迈《夷坚乙志》卷六《蔡侍郎》。

余于梁山泊，招降滕阳、东平、泰山群盗"。这里所说的盗，是指以梁山泊为中心的民间游击组织。紧接着，"盗攻范县，击走之，获船七百艘"，这里的盗，应是指以梁山泊为根据地的忠义军。同时，金国另一位大将赤盏晖沿泰山东侧南下，"还屯汶阳，破贼众于梁山泺，获舟千余。移军攻济州……乃举城降"。这里所说的汶阳，应该是指泰安。所以赤盏晖应该是从梁山泊东侧进攻民间反金组织，缴获舟船，载兵至西岸登陆，攻陷济州的。①

　　根据这一段史料推测，当时梁山泊应该有很多船队。其中一部分可能是当时北宋军队和河北的百姓打算沿水路南逃却没有成功，因此集结于梁山泊。但他们对金兵的抵抗以失败告终。对金国来说，占据梁山泊，无疑是一个极佳的水军基地。金国开始在此建立造船所，制造战船。南宋则除了防备金军陆上进攻之外，还要顾虑金兵的水军沿运河南下，或是从淮河出海，由海上进行奇袭等手段。

　　被金国打败的梁山泊忠义军中，有一个叫作张荣的人，此人称得上是第二个宋江。此人本是梁山泊的渔民，但恐怕跟《水浒传》中阮氏兄弟差不多，除打鱼外也做点地下生意。张荣经常集结数百艘船打劫金兵，所以与斜卯阿里或赤盏晖交战的很可能就是这位。东京留守杜充借补② 张荣为武功大夫、忠州刺史，其部下称其为张敌万。可惜他后来战败，遂由梁山泊进入淮河，再沿运河南逃。后来张荣出没于运河周围的湖泊中，沦为水贼。

　　淮河至长江的这段运河，原先就是将沿途分散的湖泊连接起来而形成的，这些湖泊的面积跟更早的时代相比差不多。张荣选择在要冲之地建立据点，将收集的菱草混上泥土，筑起城池，据险而守。离开梁山时，他用船载来大量粮草，因此一路上追随之人很多，拉起一支

①　见《金史》卷八十。
②　以补充缺额的名义授予官职。

一万多人的队伍。金军一开始也很难接近张荣的城池。但到了冬天，金军待湖面结冰时，从冰上进攻，张荣遂不能守，于是他烧掉粮食，丢弃了城池，向南逃去，入侵紧挨长江的通州。但因队伍人数太多，储藏的粮食已经吃光，难以继续维持。于是张荣使出了最后的手段，杀百姓，食其肉。

长江流域盐业和交通十分发达，因此人口很多，但从比例上来讲耕地面积却很少。所以和平时期可以靠从其他地方运来的粮食，或是运粮船队掉落的零散粮食过活。但战乱时，当地百姓则无粮食来维持生计。再加之北方的逃难者涌来，更加剧了粮食危机。于是就发生了人吃人的惨剧。不光是张荣，有一群以夏宁为首的团伙也是沿淮河南下至长江一带，因无粮而食人。据说这个团伙半个月就吃掉了一万多人。另外还有从渤海湾走海路逃至江南的范温，其所率领的忠义人在海上行进时，更加难觅食物，竟然相杀而食。后来他们进入南宋都城被收留后，仍未停止相互残害而食的行为。

南宋庄绰亲眼看到了这人间地狱，于是在其所著的《鸡肋编》中叹息道：

> 唐初，贼朱粲以人为粮，置捣磨寨，谓啖醉人如食糟豚。每览前史，为之伤叹。而自靖康丙午岁，金人之乱，六七年间，山东、京西、淮南等路，荆榛千里，斗米至数十千，且不可得。盗贼、官兵以至居民，更互相食，人肉价贱于犬豕，肥壮者一枚不过十五千，全躯暴以为腊。登州范温，率忠义之人，绍兴癸丑岁泛海到钱塘，有持至行在犹食者。老瘦男子，廋词谓之"饶把火"，妇人少艾者名为"不羡羊"，小儿呼为"和骨烂"，又通目为"两脚羊"。唐止朱粲一军，今百倍于前世，杀戮焚溺饥饿疾疫陷堕，其死已众，又加之以相食。杜少陵谓"丧乱死多门"，信矣！不意老眼亲见此时，呜呼痛哉！

　　这段描写何其悲惨，更何况这悲惨就在现实里。民国初年思想革命之时，首倡者陈独秀一语道破，他说古来所谓忠义就是吃人。[①]至少张荣是这个样子吧。张荣边吃人，边与金兵交战，为朝廷立了大功。

　　张荣在通州以北的缩头湖上建立了水寨。水寨刚建好，金国宗室挞懒便攻了过来。估计金军用了在梁山泊建造的大的战船为先锋，而后面的部队都是一些羸弱的小船。张荣敏锐地察觉到了这一点，于是率队迂回至敌后，进行了袭击。挞懒大败，只率领着亲信北逃而回，陷于泥沼中的残兵尽数被杀，据说光杀这些金兵就花了两三天时间。为了纪念这场胜利，缩头湖改名为得胜湖。当时驻守镇江的南宋大将刘光世，将张荣的战功上奏朝廷，朝廷赐予张荣右武大夫忠州防御使一官，并派其知泰州。其部下四千余人皆得官位。

　　但张荣毕竟是盗贼出身，本性难改。上任不久，便毫无顾忌地屠杀无辜百姓以霸其财产。朝廷命刘世光想办法除掉张荣，但刘世光担心这样会招致张荣叛乱。于是他采用了怀柔政策，将张荣召唤到都城临安，令其谒见天子。朝廷则给予其更优厚的待遇。

　　后来，张荣被任命为统制，驻扎在平江府，也就是今天的苏州。这其后的活动便不得而知了，但应该说张荣已经风光了。统制是可以率领三四千正规军的部队长，与北宋末年的将军宋江地位差不多。或许后世也流传着一些张荣的逸事，小说《水浒传》多少受了一些影响。

　　张荣作为梁山强贼，是否并非仅仅是宋江的后继者，而两人之间究竟有什么关系，这点还不好说。如果详加探寻，可能会有两层或三层以上的间接关系也未可知，但这仅仅是推测。其实宋江的余党里，历史上留下姓名的只有一个人，叫作史斌。

---

① 此说法似应归于鲁迅的小说《狂人日记》。

　　北宋都城开封被金兵占领后，高宗南逃。迈出中兴第一步的建炎元年（1127），位于陕西四川交界处大山里的兴州，有一个叫作史斌的人举兵叛乱，赶走了知州向子宠，占领州城，并僭越称帝。这个史斌原先是宋江的同党。乍一看，宋江的追随者出现在离山东如此之远的地方，煞是不可思议，但这并非不可能。如果作为宋江的同党被捕后，发配到了其他州县的牢城营，后在当地拉帮结伙谋求叛乱，这种可能性也是很大的。史斌聚集陕西流民，形成一股很大的势力。他本打算进攻四川，但在剑门关被官兵击退。于是他改变路线，向长安方向进发，又被宋代名将吴玠生擒。当时的吴玠还未成名，只是地方上的一个部将。后来他招收当地的勇士，以四川为根据地抵抗金兵而立下赫赫战功，并成了南宋的一名大军阀。恐怕吴玠的部队里有不少史斌的旧部下。

　　还有一件不可忽视的事情，就是史斌被捕数年后的绍兴六年（1136），在沣州发生的山贼雷进等人的叛乱。沣州是洞庭湖西侧的一个州，其辖下的慈利县多山林。雷进盘踞此间，经常掠杀百姓。朝廷本打算授予其武功大夫、忠州团练使等官衔招降，雷进拒不从。鼎州知州张觷暗地收买了雷进的手下伍俊，命其设计抓捕雷进。没想到伍俊伙同其他九人竟将雷进及其妻子余党尽皆杀了。后来朝廷赐伍俊秀州兵马钤辖，其副将鲁樊等手下七百余人都被赏官。但伍俊以不舍旧土为由，不管朝廷如何催促，拒不赴任秀州。其实他打算再次叛乱。湖北安抚使薛弼担心将来难以制服伍俊，于是没有再强迫他去秀州，而是命他就在本地任职，以安其心。然后待伍俊前来拜谒时捕而杀之。山寨的物资一律充公，其数量庞大，作为军需品使用也可维持很长一段时间。

　　伍俊的同伙有一百零八人。这个数字大可注意，绝非偶然。一百零八是三十六的三倍数，也与《水浒传》中梁山好汉的数目一致。伍俊迟迟不肯去他州赴任，可能也是不想与其部下分开。伍俊先是将自己的上司杀掉，占据山寨，然后投降朝廷，又被朝廷设计杀害，这与《水浒传》的主线情节非常相似。伍俊这一事件感觉似乎受北宋末年梁山泊一伙的影响，反过来又对《水浒传》的创作产生了影响。

另外需要说明一点，建议薛弼设计杀掉伍俊的是万俟卨，此人便是后来与秦桧共谋陷害岳飞的罪魁祸首。所以伍俊之死，很有可能也是万俟卨的构陷，这就与《水浒传》的结局更加相似了。

所以总的来看，山东盗贼宋江其本身的事迹并未产生多大影响，但其所在的梁山泊，在北宋中期以后，作为盗贼的巢穴却名闻天下。尤其是靖康之变后，天下大乱，使得梁山泊的名头更被世人熟知。而有的没有的事情也被附会到宋江身上，作为逸话口口相传，于是产生了像《义士铭铭传》①一样的东西。它们一方面被像《宣和遗事》这样的历史小说所收录，另一方面则发展成了元曲中水浒故事的素材。

受到这些传说的影响，就出现了模仿宋江的后继者。元末的至正七年（1347），两淮盐运使宋文瓒给朝廷上了一封奏折，其内容是集庆路（即今南京市）辖下的花山之贼。"集庆花山劫贼才三十六人，官军万数，不能进讨，反为所败。"②这封奏折与北宋侯蒙的奏折口吻相似。不过花山之贼却没有闹出太大动静，很快就被镇压了。

沧海变桑田

宋江等人的事迹，因名著《水浒传》而流传至今，但作为其据点的梁山泊却有着完全不同的命运。中国有句老话叫沧海变桑田，桑田指肥沃的耕地。自不用说，沧海要想变成桑田，需要经过漫长的

---

① 见前言部分注。
② 《元史》卷四十一。

岁月。

元代时梁山泊还留有很大面积的湖水，这从元曲中便可得知。比如《双献功》[①]里说"四下方圆八百里"，四下指四方，方圆指周长。唐以来，梁山泊南北三百里，东西百里，如果按长方形来看，则周长正好是八百里。不过元曲中的八百里，并非作者实际看到的梁山泊的大小，而是根据史料记载换算出的。那么元代人实际所见的梁山泊究竟有多大？至治癸亥三年（1323），一位叫作陈泰的人乘船经过梁山泊，据他所记载，梁山泊"阔九十里"。跟以前的百里相比减少了十里。这倒不算什么，但据他说当时湖上生满了莲、菱等。这说明水深一定是比从前更浅了。他还在梁山的山麓看到了所谓的分赃台。此台由三十六块石头堆砌而成，据说是当年宋江分发战利品的地方。

后来，元代著名诗人萨天锡乘船经过梁山泊，遇大风雨而无法前行，遂避雨于芦苇丛中，并折下一片芦苇叶，在上面写了一首诗送给了朋友。诗中有一句"满泺荷花开欲遍，客程五月过梁山"。

元灭亡前的至正二十六年（1366），黄河发洪水，照例流过河南、山东的平原，向东流去。梁山泊附近一带也被洪水吞噬。据说当时明军北上占领北京时，经过梁山附近，只有郓城县一座孤零零的县城伫立在水中。

洪水涌来，吞噬一切，洪水退去，则剩下遍地的泥沙。因此梁山每遇黄河泛滥，便会变浅一些。再加上山东境内从山上流下的河水也注入梁山泊，夹带的泥土沉落湖底。明朝以后，梁山泊面积骤减。而且附近居民将浅处的湖水填埋掉，变成了私有的耕地，也使得湖水面积越发减少。

明末清初著名的考证学者顾炎武曾说，当时梁山泊仅方圆十里。十里大概是四公里，按正方形算，则每边不过一公里。但这片只有一

---

①　元代戏曲作家高文秀所作杂剧。

公里的湖水，过不了多久也会消失掉。

顾炎武尚在世的康熙六年（1667）被任命为寿张县知事的曹玉珂去梁山走了一遭，已看不到半点湖的影子，梁山也变成了一个低平的小山岗。他在文章中写道："村落比密，塍畦交错。居人以桔槔灌禾，求一溪一泉不可得。"①

负责给这位知事大人带路的村民们根据《水浒传》中的故事，给曹玉珂讲着一处处名胜古迹："祝家庄者，邑西之祝口也；关门口者，李应庄也。郓城有曾头市，晁、宋皆有后于郓。旧寿张，则李逵扰邑故治也。武松打虎之景阳冈，今在阳谷。"曹玉珂认真地听着，对能看到《水浒传》中各种故事发生的场所而兴奋不已。作为知识分子中的精英，和没读过什么书的乡野百姓有一个共同之处，都是水浒迷。一提起《水浒》，大家便像一家人一样聊起来，真是无比愉快。

收编着明代上海松江一带旧事的《南吴旧话录》中记载了一位名叫莫后光的说书艺人的故事：

> 莫后光三伏时每寓萧寺，说《西游》《水浒》，听者尝数百人，虽炎蒸烁石，绝无挥汗者。后光尝语人云："今村塾师冷面对儿童，焉能使渠神往，记诵如流水？须用我法，庶几坐消修脯。"②

按莫后光的话讲，私塾里学生学习不好是先生教书方法有问题，只要像他说《西游》《水浒》那样去讲课便好。不过这"四书五经"和《水浒传》不是一回事，就算按说书的方法去讲也不见得会有趣。而《水浒传》这样的书，想讲得没趣恐怕都难吧。

---

① 曹玉珂《过梁山记》。
② 清·李延昰《南吴旧话录》卷二十一。

过去司马迁将《史记》"藏之名山，传之其人"。而《水浒传》的作者则不必如此费心。相反，就算有重重阻挠，此书也一定会在民间流传。此书曾因教民造反等罪名被列为禁书。但即便被朝廷严禁，《水浒传》也是百姓中间不可或缺的读物，爱读《水浒》的人数不断增加。毛泽东也爱读《水浒》，而且此书对其思想产生不少影响。来源于民间的著作必将永存于民间。而以民间文学为基础进行创作，这对作者来说也是永生之路，扬名于后世自然不是问题。

后　记

　　本书最初发表于《历史和人物》杂志，自昭和四十七年^①二月刊始以《〈水浒传〉的人物》为题共连载八回，现略经修改，集成一册。《〈水浒传〉的人物》，正如题目所言，是将书中有特色的人物单拿出来研究，旨在探寻虚构下掩藏的真实历史，并加以对比，从而管窥《水浒传》的文学特色。书中各章因介绍各个人物的生平事迹，所以难免有些重复之处。但如果去掉这些重复之处，则又无法展现人物全貌。

　　按照《水浒传》写出《〈水浒传〉的人物》，按我等历史研究者的话来说，是将纪事本末体改写成纪传体。《水浒传》便是纪事本末体，本书最初是徽宗本纪，其后依次是宋江、方腊、童贯的列传。不过这并非一开始就谋求这样的布局，只是写完之后回过头来一看，才发现不知不觉间写成了类似《史记》一般的纪传体形式。其实意识到这点后，我心里颇为惊讶。长期研究历史，使我的意识也已不自觉地转到历史研究思维中来。

　　我是第一次在月刊上进行连载写作，疏漏之处颇多。写完后回头去看看，文章里总有些不妥之处，我便觉得很惭愧。本书中尽量做了修改，重写了序文，并加写了最后一章。最后第九章是并未在杂志上

---

①　1972 年。

刊载的一部分内容，一并整理出来，作为全书的一个总结。

　　我专攻史学，本不应涉足文学、思想领域。但所谓文学、思想等问题，若根据研究方法的不同来看，则有可能成为历史学的研究对象。若再说得夸张一些，用历史学的研究方法去研究或许更合适。作为特定历史时代的通俗小说《水浒传》，对其解读存在无限的可能性。我相信，即便不是专门研究者，无论如何去评价《水浒传》，也不会令著作褪色。

　　《水浒传》的研究方法多种多样，首先当然是对文献的研究。这方面日本要先于中国一步。民国初年，新文学革命的先驱胡适博士在1920 年 7 月著有《〈水浒传〉考证》一文。令人惊讶的是，他在给亚东图书馆新式点评本《水浒传》作序时，竟没看到过七十回本以外的任何一个版本。当然胡博士知道百回本的存在，但百二十回等其他版本他就不知道了。这也自然，自金圣叹评《水浒》后，但凡说到《水浒》，则指的是金圣叹的七十回本，因为人们只能购买到七十回本。而在日本，百回本和百二十回本明末清初时便已传入，其日文译本广为流行。不光是译本，若想找来原本一看也并非难事。胡适博士在得到京都大学的年轻学者青木正儿赠送的一本日本现存《水浒传》的版本目录时大为惊讶。他后来连同自己获得的中国国内的新资料一并加入，写了一篇《〈水浒传〉后考》，这是第二年（1921）六月的事情了。但因其之前在材料不完全的情况下已经确立了大致观点，所以胡博士的这篇论文有一些不妥之处，甚至出现了误读史料的问题。

　　但中国真的是太大了。只要去找就会发现与明代刊本不同的版本层出不穷。甚至据说嘉靖年间（1522—1566）原刊本被找到。日本后来也出现很多新版本，两国加起来，版本数量已相当不少。各版本相互比较，再加上对其与元曲之关系的文献学的研究，《水浒传》的研究也开始细化。《水浒传》同元曲间的关系一直含糊不清，狩野直喜博士认为，并不是从《水浒传》中产生了元曲，而是将元曲中的故事材料合编成了《水浒传》，这个观点也得到了胡适博士等学者的赞同，至今已成定说。但如果说元曲的素材来自于《水浒传》，则事情就复杂得多了。另外，对《水浒传》中方言的研究也是一个分支，对此我等就无能为力了。

关于《水浒传》和中国历史、社会的关系方面，中国有萨孟武《〈水浒传〉和中国社会》，日本有井坂锦江《〈水浒传〉和中国民俗》等著作。我在太平洋战争开始的昭和十六年（1941）于京都大学文学部史学科开设了"《水浒传》中展现的中国近世社会状态"的讲座。这本书便是以当时讲座收集的材料为基础，加上其后三十年间的研究所得，并对每章题目加以修改而成的。关于《水浒传》，我想说的，不得不说的，都在这本书里了。随着本书的出版，我终于能从一直以来压于肩头的责任感中释然出来，并松一口气了。

文　献

《水浒传》原书（活版复制本）

百回本

《百回本水浒》（李玄伯印行，1925 年）

百二十回本

《一百二十回的水浒》（万有文库国学基本丛书，上海：商务印书馆，1929 年）

《水浒全传》（北京：人民文学出版社，1954 年）

《水浒全传》（北京：中华书局，1961 年）

七十回本

《水浒》（上海：亚东图书馆，1928 年）

《水浒》（北京：人民文学出版社，1952 年）

《水浒》（北京：作家出版社，1953 年）

日本语译本

百回本

《忠义水浒传》（冈岛冠山译，1907 年，绝版）

百二十回本

《新编水浒画传》（凡九十卷，曲亭马琴译前十卷，高井兰山据《忠义水浒传》改译后八十卷。续国民文库、博文馆帝国文库，同称为《水浒传》）

《水浒传》（幸田露伴译，国译汉文大成，1923 年）

《新译水浒传》（佐藤春夫译，中央公论社，1952—1953 年）

《水浒传》（驹田信二译，中国古典文学大系，平凡社，1967—1968 年）

《水浒传》（吉川幸次郎、清水茂译，岩波文库，1947—1991 年）

七十回本

《标准训译水浒传》（平冈龙城译，近世汉文学会，1914—1916 年，绝版）

史料

《宋史》（元·脱脱）

《东都事略》（南宋·王称）

《续资治通鉴长编纪事本末》（南宋·杨仲良）

《皇宋十朝纲要》（南宋·李埴）

《宋会要稿》（清·徐松）

《三朝北盟会编》（南宋·徐梦莘）

参考书、论文

《宋代三次农民起义史料汇编》（苏金源、李春圃编，北京：中华

书局，1963 年）

《折可存墓志铭考证兼论宋江结局》（牟润孙撰，《台湾大学文史哲学报》第二期）

《宋江有两个吗》[1]（宫崎市定撰，《东方学》第三十四辑）

《〈水浒传〉的伤痕——现行本成立过程的分析》[2]（宫崎市定撰，《东方学》第六辑，其后再录于《亚洲史研究》[3]第四）

---

① 《宋江は二人いたか》。
② 《水滸伝的傷痕現行本成立過程の分析》。
③ 《アジア史研究》。

解　说

砺波护 [1]

　　被中公文库作为第十册作品收录的这本宫崎市定的《水浒传——虚构中的史实》一书，是1972年8月中公新书296卷的重印版。这本书最初连载于中央公论社发行的杂志《历史与人物》同年2月至9月刊，名为《〈水浒传〉的人物》，共八回。此次新版，宫崎先生对原文进行了若干修改，并续写了第九章《宋江的后继者》作为本书结尾。即将出版发行的《宫崎市定全集》（全25卷，岩波书店刊）中题为《水浒传》的第12卷，会将本书作为此卷第Ⅱ部作品收录。全集方预约出版，便迅速被预订一空。此卷第Ⅲ部则收录了三篇关于《水浒传》的学术论文，分别是《〈水浒传〉的伤痕——现行本成立过程的分析》（《东方学》第六辑，1953年）、《宋江有两个吗》（《东方学》第三十四辑，1967年）、《〈水浒传〉与江南民屋》（《文学》第四十九卷第四号，1981年）。

　　据宫崎先生回忆，他初三时读了数遍带有北斋插画的高井兰山译百二十回本《水浒传》，书中一百零八名好汉的名号可倒背如流，于是决心大学进修东洋史学。先生最初开始研究宋史，并以成为宋史学者为奋斗目标，也是受到了少年时代阅读《水浒传》的影响。后先生

①　日本著名学者，京都大学名誉教授。师从宫崎市定，研究方向为三国至隋唐阶段历史。主要著作有《唐代政治社会史研究》《隋唐佛教文化》等。

逾越古稀之年，仍抱有小说和史实之间到底有多大差距的疑问，遂写成了此书。

　　先生并不仅仅是热爱读《水浒传》，他甚至以此书作为教材，在四十岁时，即昭和十六年（1941）开设了京都大学文学部特别讲座"《水浒传》中展现的中国近世社会状态"一课。先生习惯将课上的研究成果写成论文或专著并发表出来。讲座结束后的第二年，《宋代的通货问题》一文作为他的博士论文《五代宋初的通货问题》中的一节被发表，但那年的内容并未集中成册，只是在后来的一些研究中对《水浒传》有所提及。比如《宫崎市定全集》第17卷《中国文明》这部分，在《中国经济发展史概要》的结语里，谈到人类居住地不断干涸时，举了最恰当的一例，便是位于黄河下游流域的梁山泊，"在这片土地上存在着供众多盗贼藏身的大湖泊，这是事实不是虚构"（第154页）。在《中国河川史的考察》一文中也提到了黄河流域有一片被称为巨野泽的湖沼，"因为被称作沼，可知应是很浅的湖泊。这湖水存在之时，对洪水起到一些调节作用。可确定此湖在宋元时尚存。因为是一片沼泽，为土匪提供了绝好的藏身之地。《水浒传》宋江等人便是一例，所谓梁山泊，就是巨野泽"（第164页）。在《中国火葬考》中谈及元时火葬已普遍存在时提到，"《水浒传》前半部保存有一些元代的社会状态"，并引用了百二十回本第二十六回武松之兄武大之亡一例，指出"小说中所写不像是在官府禁令下偷偷火葬的样子"（第209页）。对文学作品《水浒传》，从其原型《宣和遗事》到鸿篇巨制这一成书过程，宫崎先生对许多细节和顺序进行了考证，并著有《〈水浒传〉的伤痕》一文。除此之外，对于《水浒传》中所展现出的宋元中国社会状态的考察，则在其退休之前一直未曾涉及。

　　在有着漫长历史的中国，讲究以史为鉴。中华人民共和国成立之后，常有将被批判者比作文学作品中的某一人物之例，其中当然有《水浒传》。我在 1979 年 5 月 14 日的《朝日新闻》晚刊《海外文化》一栏中刊登了一篇并未署名的题为《评价历史上的宋江的两种论调》①的短文，现将拙文重录于此：

　　北京大学邓广铭教授等人发表了一篇题为《历史上的宋江不是投降派》②的论文，以此文为契机，中国史学界围绕如何评价历史上的宋江展开了争论。

　　宋江是以宋代历史人物为原型创作的小说《水浒传》的主人公，是梁山一众的首领。其后，他响应政府号召，归顺朝廷，并率兵攻破了以方腊为首的农民起义军。因此，宋江这一行为被视作是对农民大众的背叛，他也成了批判的对象。特别是 1975 年，全国范围内展开了对宋江投降主义批判的运动。"四人帮"被粉碎后，开始了对"批判《水浒》"的批判。为了清算"四人帮"对理论和路线的歪曲，邓广铭教授于去年五月在北京大学成立八十周年之际召开的五四科学讨论会上发表了这篇文章。

　　但是，关于历史上的宋江，京都大学名誉教授宫崎市定先生参照参加了讨伐方腊起义的折可存的墓志铭后，提出了讨伐方腊的将军宋江和小盗贼宋江并非同一个人的新说。

　　针对五四科学讨论会上邓广铭教授的报告，吴泰先生在《光明日报》(1978 年 6 月 8 日)上发表了《历史上的宋江是不是投降派》一文，于是赞成和反对的两种意见开始了争论。去年十二月五号的《光明日报》上，刊登了张国光先生的一篇名为《历史上有两个宋江》的文章。在我最近收到的《社会科学战线》(第四期)中，张国光先生依然主张宋江二人说，并对邓广铭教授的

---

①　《両論があい争う実在の宋江評価》。
②　见《社会科学战线》1978 年第 2 期，作者为邓广铭、李培浩。

文章提出质疑。^①

　　这篇文章中所主张的观点，即我在前文中提到的宫崎先生提出的宋江为两人的新说。宫崎先生在《宋江有两个吗》（1967年）一文中提出了依据折可存墓志铭可知草寇宋江与剧贼宋江为同一人，与讨伐方腊的宋江并非一人的观点。本书第二章《两个宋江》便是对这一主旨的再次叙述。本书被重新选入《宫崎市定全集》后，作者在自跋中这样强调：

　　　　本书内容只是以小说《水浒传》为中心，选取一些与之相关的史实进行了一番比较而已，并无什么新发现。但是唯有《两个宋江》这一部分是我比较有自信的学说，非常希望读者能够赞同。本书出版的主要目的，除了希望读者读到这一部分之外也再无其他。

　　可见，宋江二人说乃是作者的得意之处。另外，在重新审视是否应该批判《水浒》的过程中出现的张国光先生的宋江二人说，也无疑是在了解到宫崎先生学说的基础上提出的。但是，张先生认为折可存墓志铭中的草寇宋江和剧贼宋江并非同一人，而且宋江投降说是正确的，这一结论则与宫崎先生看法有异。

　　自跋中所谓除两个宋江外并无新发现之言，自然是作者的谦辞。另外，正如本书后记中作者所言，本书原载于《历史与人物》杂志，题为《〈水浒传〉的人物》，第一章为徽宗本纪，其后有宋江、方腊、童贯、蔡京等人物的列传。由于是连载，因此不免有前后重复之感。

———————————

① 《社会科学战线》1978年第4期，张国光《〈历史上的宋江不是投降派〉一文质疑》。

这一点确实不可否认，但未必有什么不好。在解说个性不同的出场人物背景时，重复之处正是重要之处。若通读此书，即便是专门研究者，也会处处受到启发的。

作者过去常说："我的研究经常是放置于世界史的框架中，从未有过离开世界史的体系而孤立地去思考某个问题。"在对《水浒传》主人公宋江的研究中，作者依旧秉持这种风格。他在论文《〈水浒传〉的伤痕》的最后提到，从长篇小说的形成在文学史上的意义来看，从《水浒传》到模仿这本书的《八犬传》，昭示着一种进步，其背后是对世界性的时代变迁的认知。这篇文章在最后还附写了一篇叫作《法国的宋江》的小短文：

> 古代中国秘密结社之盛大，是因为政府对盐的专卖和对海外贸易的统制，《水浒传》是一部美化反政府者的文学作品。西洋各国依靠国家权力，推行对盐的专卖，比中国晚数世纪。同样的社会会出现同样的现象。十八世纪中叶的路易·芒德兰（Louis Mandrin）大概可以叫作法国的宋江了。他也是替天行道，以贪婪的地主和收租者为袭击对象，广受百姓拥护，被称作"为了民众的复仇者"。

这位"法国宋江"的数种肖像版画被刊登在《警察博物馆》一书中，但宫崎先生说："关于他的详细事实我想多知道些。"宫崎先生并不在乎宋江是一个不折不扣的强盗这一史实，依然把他看作一个义贼，并且希望多知道一些芒德兰的事情。近年，宫崎先生的愿望可以实现了。西洋史学家千叶治男的著作《义贼芒德兰——传说和近世法国社会》①（1987 年，平凡社刊）出版，我就在此将此消息附记于此吧。

---

① 《義賊マンドラン——伝説と近世フランス社会》。

图书在版编目（CIP）数据

水浒传：虚构中的史实 /（日）宫崎市定著；赵力
杰译 . —杭州：浙江大学出版社，2020. 8
ISBN 978-7-308-20206-0

Ⅰ.①水⋯ Ⅱ.①宫⋯ ②赵⋯ Ⅲ.①《水浒》研究
Ⅳ.①I207.412

中国版本图书馆CIP数据核字（2020）第075889号

水浒传：虚构中的史实

[日] 宫崎市定 著 赵力杰 译

责任编辑	王志毅
责任校对	赵 珏
装帧设计	毛 淳
出版发行	浙江大学出版社
	（杭州天目山路148号 邮政编码310007）
	（网址：http:// www.zjupress.com）
制 作	北京大观世纪文化传媒有限公司
印 刷	北京中科印刷有限公司
开 本	880mm × 1230mm 1/32
印 张	5
字 数	130千
版 印 次	2020年8月第1版 2020年8月第1次印刷
书 号	ISBN 978-7-308-20206-0
定 价	45.00元